あの空をおぼえてる

ジャネット・リー・ケアリー

浅尾敦則 訳

Wenny Has Wings

JANET LEE CAREY

poplar

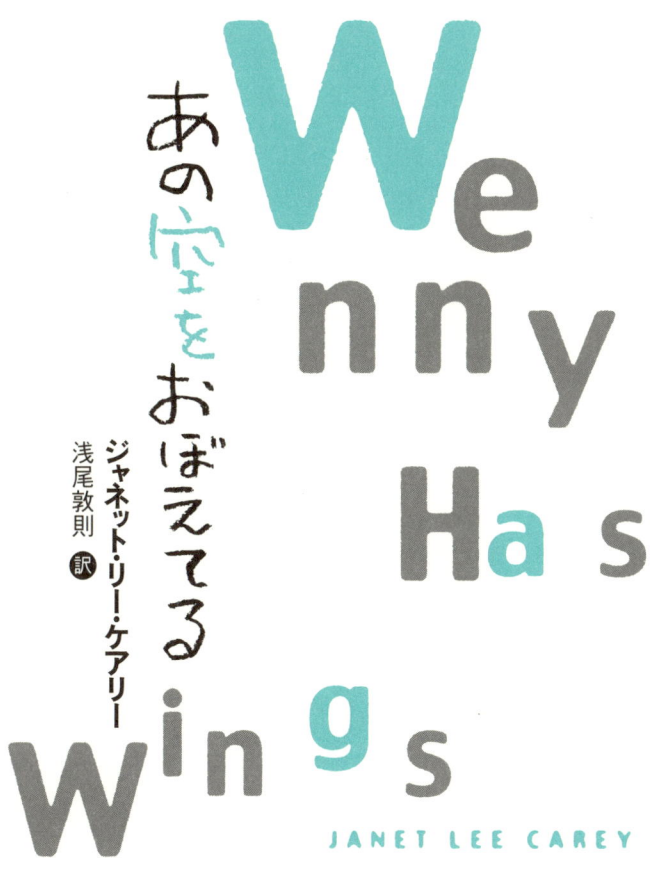

あの空をおぼえてる

装幀

緒方修一

あの空をおぼえてる

contents

トンネルのむこうがわ　*The Tunnel of Death*　7

ウェニーへ。ぼくも死んだんだ。
二人がトラックにひかれたときじゃなくて、そのすぐあと、病院で。

きずな　*The Long Way Home*　135

ぼくはおなかに、あのジェットコースターの感覚を感じた。
ぼくはいまからあの話をしようとしてるんだ、と思った。

わたしの兄たち、アランとカーティスにこの本を捧げます。4歳だったわたしを、スウェーデンでアリ塚から救いだしてくれてありがとう。体に食いついたアリをおぼれさせるため、服を着たままのわたしをかあさんがお風呂の中に放りこんだことをおぼえてる？　それから、わたしが勝手に作ったでたらめソングをがまんしてきいてくれたことや、ローラースケートをはいて犬に引っぱらせようとしたわたしのことを告げ口しなかったことにも感謝。

——J・L・C

トンネルのむこうがわ

The Tunnel of Death

1

The Tunnel of Death

ウェニーへ。

ぼくも死んだんだ。二人がトラックにひかれたときじゃなくて、そのすぐあと、病院で。ぼくは足の骨が折れ、脾臓《ひぞう》が破裂《はれつ》して、体の中も外も血まみれさ。ものすごい大けがだった。そしてお医者さんが治療《ちりょう》しているときに、ぼくの心臓《しんぞう》が止まったんだ。十分間も。

死んだとき、ぼくは猛スピードでトンネルをくぐり抜けて、空を飛びまわった。もし、ウエストフォール先生がぼくの胸に電気ショックを与えてなかったら、おまえといっしょにずっと、あの空の上を飛んでたんだろうな。

すごいパワーの電気ショックだったんだと思うよ。だって、その力でぼくは体の中に吸いこまれちゃったんだから。ぼくの心臓がまた動きはじめると、手術がはじまって、ぼくが死なないように新しい血がたくさんいれられたんだ。

目がさめて、おまえはぼくみたいにもどってこなかったんだと知った。ウエストフォール先生はウェニーの胸に電気ショックを与えなかったのってママにきいても、ママはこたえてくれなかった。ただ泣くばかりで、とうとう病室から出ていったよ。

おまえはあのすてきな場所で、いまも飛びまわってるというのに、ぼくは地上にいて、小児《しょうに》病院のベッドの上だ。体には手術のきずあとがあって、折れた骨をもとにもどすため、足は包帯でぐるぐるまきにされてるよ。

10日目

ウェニーへ。

きょうは10月16日。ぼくが死んで、また生きかえってから十日たった。だから、手紙のはじめに「10日目」と書いてある。ぼくが生きかえってからの日にちをちゃんと記録しておきたいんだ。

体の外に出ていたとき、ひとつだけいやなことがあったけど、その話はしたくない。楽しかったことだけを話したいんだ。あの光の中にいたときの楽しい感覚は、いまもおぼえてる。空の上にいるとき、明るい光がぼくの中にたくさん入ってきて、それがまだちょっと残ってるんだ。おまえもいっしょにこっちにもどってきてたら、最高にハッピーだったのにな。そしたら二人で、空の上をビューンって飛んだり、連続ジャンプしたときの話ができたのに。

ウェニーがいなくてさびしいよ。いつも妹といっしょだったアニキというのは、こんな気分になるものなんだ。もしおまえがいたら、ベッドのボタンをおして、ぼくのベッドをあげたりさげたりするだろうな。ランチに出るクッキーを二枚とも食べちゃうだろうな。尿瓶《しびん》をかくして、おしっこがしたくなったぼくをこまらせるだろうな。

日曜日にあったウェニーの葬式に、ぼくは行けなかった。病院から出られなかったんだ。ときどき、死んでしまってももう二度ともどってこないおまえのことを考える。そして、だれにもきかれないよう、まくらに顔を押しつけて泣いてしまうんだ。

11日目

ウェニーへ。

一日じゅう、いろんな看護師《かんごし》さんがぼくの病室にやってきては、「こんにちは、ウィル。足のぐあいはどう？」ときいてくる。

ぼくは「だいじょうぶだよ」とこたえるけど、そんなの大うそさ。そして看護師さんはぼくの体温と血圧をはかって、点滴《てんてき》の中に薬をいれる。念のために説明しておくけど、点滴というのは、ベッドの横でさかさにぶらさがっているびんのことだ。薬はそこから長いくだを通って、ぼくの左腕にささっている針に入っていく。そして血といっしょになって、薬が体ぜんたいに広がっていくんだ。

手の甲にささってる針がじゃまになってテレビゲームがやりにくいと思ったら、大まちがいだぞ。きょうは〈ゾルゴン・トラッカー〉をやったんだ。ゾルゴンを何万びきも殺してレベル8まで進んだ。こんなことができるなんて、ぼくは天才かも。

11日目（つづき）

ぼくが死んでたあいだのことをママとパパに話そうと思ったけど、うまくいかなかった。ぼくらがトラックにひかれて、ぼくがどうやって死んだかをいおうとしたら、ママがいすに座りこんで、手で顔をおおってしまったんだ。ぼくのティッシュの箱からティッシュペーパーを何枚もとって、目をふいたり鼻をかんだりしてたよ。

パパはママみたいに泣かなかったけど、ぼくの顔を見ようとしなかった。ベッドのはしに手をおいて、窓の外を見ていたんだ。パパの黒い髪《かみ》の毛と青ざめた顔は、パパがいつもとってる白黒写真みたいに見えた。

だから話すのはあきらめた。またいつか話すことにする。いまはくたくたなんだ。午後、また〈ゾルゴン・トラッカー〉をやるため、テレビの順番を予約した。レベル9で武器をゲットしよう。晩ごはんまでにレベル10まで進んでやるぞって決めたんだ。

12日目

ウェニーへ。

トラックの運転手から「おわび」のカードが届いた。きょうの昼、パパとママが見せてくれたんだ。おもてがピンクと黄色の花のカード（女の子用だな）。坂道を走っているとちゅう、突然、トラックのブレーキがこわれたんだって書いてあった。運転手は、ぼくらをどかせようとクラクションを鳴らした。ぼくらをひかないようにハンドルを切ったんだって、あやまってたよ。もしできることがあればなんでもするって。

そのカードを読んでママが泣いた。箱からティッシュを何枚もとって、小さな泣き声をもらしていた。パパはママのうしろに立って、ママの肩に手をのせていた。目を細めながら点滴《てんてき》のびんを見て、歯をくいしばった。パパのあごの筋肉がピクピク動いてるのが見えて、まるでかたいキャンディをかもうとしてるみたいだった。

ぼくは「トイレに行きたい」といった。パパがぼくを車いすにのせて、トイレまで押していった。おしっこがしたかったわけじゃない。あの病室から出たかっただけなんだ。ピクピクしてるパパのあごを見たり、グスングスン泣いてるママの声をきくのがたえられなかったんだ。

12日目（夜中）

ウェニーへ。

起きてくれ、ひどいゆめを見ちゃったよ。おまえとぼくとで暗い森の道を歩いてたんだ。街灯はひとつしか立っていなかった。突然、まわりの木がとけてなくなった。そして、大きな緑色のトラックがぶつかってきて、おまえをつぶした。ぼくにもぶつかって、ぼくは道のむこうがわにはねとばされた。

汗びっしょりで目がさめた。ぼくはトラック運転手からのカードをくしゃくしゃに丸めて、よごれたシーツが入ってる洗濯《せんたく》かごの中に放りこんでやった。

13日目

ウェニーへ。

きょうは人と話ができなかった。話すと泣きそうだったから、口にチャックしてたんだ。ぼくにはわかってる。おまえは空の上で、あったかい光の中をビュンビュン飛びまわって楽しんでるんだ。もしかしたら、もう、宙がえりのやりかたも教えてもらったかもしれないな。だからそっちでは、ぼくみたいにさびしい思いはしてないんだろうな。

ウェニーがいないこっちは、ものすごくさびしい。ぼくは、おなかがズキズキ痛むし、のどは紙やすりでゴシゴシこすられてるみたい。まるで、おなかがひきさかれて、みにくい大きな穴があいたみたいだよ。このしーんとしずまりかえった大きな穴は、なにを使ってもふさぐことができないんだ。

もし、ぼくがあのとき死んだままで、もっと先まで飛んでいって、二人であの「光の人」のところに行ってたら、ぼくもいまごろは天国にいたんだろうな。そしていい気分でいたんだろうな。こんな手術のきずあとも、足の痛みもなかったんだろうな。退屈な病院のベッドに寝てることもなかったはずだ。パパのあんな顔も見なくてすんだはずだ。

きょう、パパが病院に来たとき、ぼくは話もしなかった。パパは、ぼくとちょっとトランプをやっただけで帰っていった。帰ってくれてうれしかったよ。いまはパパの近くにいたくないんだ。パパの目はまるで、うちにある暗室みたい。つまり、パパの目には光がまったくないんだよ。そんなパパに見つめられると、その顔をおもいっきりなぐって病室のむこうまでぶっとばしてやりたくなる。そうしたらたぶん、パパはかんかんに怒って、もっとちがう目になると思うんだ。

でも、ぼくがなぐってやりたいのはパパじゃない。おまえだ。ぼくをおいてきぼりにして行っちゃったおまえだよ。

わけのわからない手紙でごめん。なんなら、これを神様に見せてもいいよ。赤のペンで、大きな字で「0点」って書かれるかもしれないけど、かまうもんか！

2

The Tunnel of Death

14日目

ウェニーへ。

ぼくが手紙を書いてるこのノート、どうやって手にいれたんだろうってふしぎに思ってるかもしれないな。実はね、先週、教会の人がおみまいに来てくれたんだ。ジェームズさんっていう男の人。礼拝のあとでドーナツ食べてるところをなんどか見たことあるけど、あまりよく知らない人なんだ。ジェームズさんは中学生の担当だから。それで、そのジェームズさんがまっすぐぼくのベッドのところに来て、むかしから仲がいいみたいな口ぶりで話をはじめたんだ。へんな人だなと思ったよ。

ジェームズさんは、「やあ、ウィル」って声をかけてきて、「きみのパパとママにたのまれて寄ってみたんだ」といった。ベッドの横にいすを運びながら、ぼくにきいた。「気分はどう?」

ぼくがこたえないでいると、トラックにひかれたことは知ってるよといった。足の骨が折れたことも、ネコのトゥインキーがしっぽをけがしたことも、ウェニーが死んだことも知ってた。妹があんなふうに死んでさぞつらいだろう、ともいった。

ぼくはベッドの上につってあるモビールを見ていた。

ジェームズさんはしばらくだまっていた。メガネをはずして鼻をもんだ。そして、トゥインキーは元気かときいた。ぼくはこたえなかった。だって、まだトゥインキーにあってないし。ネコは病院につれてきたらいけないんだ(病院規則5058条に違反、とかなんとかいわれるんだぜ)。

そのうちジェームズさんは帰るだろうと思っていた。ばかみたいな鳥のモビールを見てたら気分が悪くなってきたから、はやく帰ってほしかったんだけど、まだ帰らなかった。

ジェームズさんはいすをベッドにもっと近づけながら、「わたしのひみつを知りたくないかい?」と、ぼくにきいた。「きみは、有名な銀行強盗《ごうとう》の兄弟、ジェシー・ジェームズとフランク・ジェームズのことを知ってるかな? 実はね、わたしは彼らの遠いしんせきなんだ。だからなんでも話していいんだよ。いいことでも悪いことでも。どんな話をしても、わたしは怒ったりしないから」

ぼくはジェームズさんの方に目をむけて、はげた頭、まるい顔、そしてすごくちっちゃな鼻をながめた。どう見ても銀行強盗《ごうとう》のしんせきには見えなかった。この人にしんせきがいるとすれば、強盗よりも銀行員だな。

ジェームズさんがかばんから小さなノートをとりだした。「わたしは、自分の考えたことをこのノートに書きとめているんだ」といった。「その日のできごとを書くこともあるし、神様に手紙を書くことだってある」

ジェームズさんは、山で迷子になった8歳のこどものことを書いた手紙を読みあげた。助けるのがおくれて、けっきょくその子は山でこごえ、死体で見つかった。ジェームズさんはそのことで神様にはらを立てていたけど、ぼくは、ジェームズさんがはらを立てなきゃいけないのは、その家族をハイキングにつれていったガイドだと思う。

そのガイドが不注意だったんだ。不注意なおとなはたくさんいる。そして、鍵《かぎ》をなくしたり、メガネをなくしたり、こどもを迷子にしたりするんだ。でもジェームズさんにはなにもいわなかった。パジャマがチクチクするひじのところをポリポリかいてただけさ。病院ではこんな、すごくばかみたいなパジャマを着せられるんだ。ぼくのパジャマはダフィー・ダックだらけのやつ。

ジェームズさんがつぎに読んだのはお礼の手紙だった。世界で起きたいいできごとを書いた手紙。木を植えるのはいいことだと、ジェームズさんは考えているらしい。

帰るまえに、ジェームズさんは真っ白なノートをとりだして、ベッドのわきにおいた。ぼくの考えたことをそのノートに書いていいよといった。書きたければ、神様に手紙を書いてもいい。怒《いか》りの手紙でもよろこびの手紙でもいい。絵でもいい。なんでも好きなことを書いていいっていった。ぼくがジェームズさんのはげ頭をじーっとながめていると、ジェームズさんは頭のわきにちょっとだけ残ってる髪《かみ》の毛を手でさわった。そして白いノートを残して帰っていった。

ぼくは神様のことはよく知らない。だから、ウェニー、おまえに手紙を書こうと思ったんだ。

3

The Tunnel of Death

15日目

ウェニーへ。

ぼくがねむってるあいだにだれかがここに来て、風船をおいていった。『セサミストリート』に出てくるスナッフィーの風船だ。そりゃあ、まえはスナッフィーが好きだったけど、ぼくはもう11歳なんだぜ。5歳か6歳だと思ってんのかな？

15日目（つづき）

あの事故のことをずっと考えてるんだ。パパは、7歳のむすめを、たよりないアニキといっしょに町へ行かせた自分が悪かったと思ってるみたい。

トラック運転手も自分が悪かったと思ってる（あの「おわび」のカードをおぼえてるだろ？花のついた女の子っぽいやつを）。

そしてぼくは、ぼくも悪かったし、パパも悪かったし、トラック運転手も悪かったし、それにウェニーも悪かったと思ってる。その理由はこうだ。

もし、おまえがふつうの妹だったら、ぼくやパパといっしょにレース用のミニカーを作りたいなんて思わなかった。ほかの女の子みたいにお人形であそんでたはずなんだ。

サッドの妹のジェシカなんか、いつもともだちといっしょにお人形あそびをしてるじゃないか。どうしてウェニーもそうしなかったんだよ？　どうしていつもぼくのそばにいなきゃいけなかったんだ？

ぼくのものが好きだったもんな。ぼくのおもちゃも。ぼくのやることも。たとえば、カブスカウト（ボーイスカウトの児童期中期部門）とか。おまえが「カブスカウトの誓《ちか》い」をスラスラいったり、カブスカウトの握手《あくしゅ》のしかたを知ってても、だれもほめてなんかくれないのにさ。ぼくのグループのだれよりも、「本むすび」や「もやいむすび」や「まきむすび」がじょうずにむすべたからって、それがどうしたっていうんだ。そんなことしたって、おまえがバッジをもらえるわけでもなんでもないのに。

あの日、ぼくは木工店に行かなきゃいけなかった。カブスカウトのミニカー・レースに出す車につける重りを買わなきゃいけなかった。パパが、ちょうどいい重りをつけないとぼくのクイックシルバー号はレースに勝てないっていったんだ。ぼくは勝ちたかった。去年はサッド・スティックニーが優勝した。あいつにコテンパンにやられたから、今年はどうしても勝たなきゃいけなかったんだ。

もしおまえが、お人形ごっことかままごととか、そんな女の子のあそびをやってたら、あの日、ぼくにくっついて木工店に行こうなんて思わなかったはずだよ。おまえもトゥインキーも、きっと家にいたはずなんだ。

ウェニーといっしょじゃなくても、たぶんぼくは道路をわたるとき、トラックにはねられたと思う。どっちにしたって、ぼくの足の骨は折れて、脾臓《ひぞう》は破裂《はれつ》しただろう。でも、もしおまえがほかの女の子みたいにしてたら、あのとき、ぼくといっしょにいなかったはずだし、トゥインキーもけがをしなくてすんだ。ウェニーは死ななかったはずなんだ。

16日目

ウェニーへ。

ママとパパは毎日おみまいに来る。見るからに元気がなさそうだ。ママは妊娠《にんしん》してるせいでイライラしっぱなし。まえは、ブロンドの髪《かみ》の毛にかわいいクリップをはさんで、ちゃんとお化粧《けしょう》もしてたのにな。いまは口紅もつけてない。おまけに、髪にブラシもかけず、うしろでむすんでいるだけ。

ぼくにキスしようとかがんだとき、ボタンをかけちがえてるよってママに教えてあげた。ママは高校で理科を教えてるんだから、もっときちんとしてなきゃね！　ママがへんなシャツの着かたをしているところを、看護師《かんごし》のペセッティさんに見られたくないんだ。ママのことをぼんやりした人だって思うかもしれないだろ。

パパも似たようなものさ。あいかわらず、色がすっかり流れ落ちたような顔をしてる。それに、中に入ってきてもずっとレインコートを着っぱなしで、まるで病室の中で雨がふってるみたいだ。しばらくしてから、パパは車いすにのったぼくに毛布をかけ、車いすを押して外に出た。いっしょに移動できるように、点滴立《てんてきた》てにも車輪がついてるんだ。

外に出てしまえば、パパがレインコートを着ててもへんじゃない。病院の庭は寒かったけど、ぼくは外の空気のにおいをかぐのがうれしかった。空を見あげると、穴のあいた大きな雲がうかんでいた。穴のむこうがわに白い光が見えて、なんとなく、ぼくが死んだときに通った穴みたいだった。その穴を、わたり鳥の群れが通りぬけた。楽しそうに鳴きながら通っていった。それを見てぼくは、ウェニーのうしろを飛んでたときのしあわせな気分を思い出したんだ。あのあったかい空気の中を、ぼくは時速一五〇キロ以上のスピードですっ飛ばしていたと思うけど、ぜんぜんこわくなかった。とにかく、もっとはやく飛んであのまぶしい光に近づきたかったんだ。

また空に吸いこまれていけたらいいのになって思いながら、ぼくは車いすにもたれかかった。

「あの雲の穴、見える?」とぼくはきいた。

パパが「どれだ?」といった。ぼくは指をさした。パパが鍵《かぎ》のたばをチャラチャラと鳴らした。「雨がふりそうだな」とパパはいった。雨の話なんかしてるんじゃないのに。ぼくは穴からさしこんでくる光のことを話したかったんだ。

病院の庭にいたのはぼくらだけだったから、ぼくは、死んだときになにがあったか、パパに話そうと思ってたんだ（いやだったことは話さず、楽しかったことだけね）。そうしたら、そこに大きな子が入ってきて、パパと二人きりじゃなくなってしまった。その子は病院のパジャマの上からぶあついコートを着ていて、髪《かみ》の毛が横にはねあがっていた。庭に入ってくるとすぐ、その子は花壇《かだん》のまえをトコトコと歩いていった。そして立ち止まると、カエデの木にむかってしゃべりはじめたんだ。

「だれに話しかけてるの？」と、ぼくはヒソヒソ声でパパにきいた。

「だれにも」とパパがこたえた。

その子はときどき話すのをやめて、指で歯をみがいていた。

看護師《かんごし》さんがやってきて、その子をつれて病院の中に入っていった。行ってくれてよかったと思った。「あの子、どうしたの？」とぼくはきいた。

「妄想《もうそう》をいだいてるんだ」とパパがいった。

「妄想ってなに？」

「じっさいにはなにもないのに、それがあると信じてしまうことだよ」とパパがこたえた。

「ほんとうはなにもないっていうことが、どうしてわかるの？」

「ほかの人にはそれが見えないからさ」といって、パパがコートのいちばん上のボタンをはずした。「心配しなくていい」とパパはいった。「精神科のお医者さんがきっとあの子を治してくれるよ」

病院の三階に精神科があることは知ってたけど、ぼくはずっと病室にいたから、それまで三階の子を見たことはなかった。

ぼくはもっと妄想《もうそう》のことをきこうと思ったけど、パパは中庭の方に気をとられていた。病室にもどるまえ、また雲を見てみた。穴はなくなっていた。それはどうでもよかった。暗いトンネルをビューンって通りぬけて、あの世にいる光の人を見たことをパパに話そうっていう気持ちは、もうなくなっていたんだ。そんな話をしたら、パパはぼくが妄想をいだいてると思うかもしれないよ。三階のお医者さんのところに相談に行くかもしれない。

17日目

だれか、ぼくのゴムパチンコをとってきて！　あの点滴《てんてき》を打ち落としてやるんだ！　あいつがビービー鳴りつづけて止まらないよ！

17日目（つづき）

ウェニーへ。

今年転校してきたやつがぼくのクラスにいるんだけど、そいつがどうしたと思う？　膀胱《ぼうこう》の手術を受けるため、この病院に入院してるんだ。ぼくと同じ部屋でね。体がでかくて、太ってて、髪《かみ》の毛が赤くて、顔がそばかすだらけのやつ。名前はギャラガー・クラムリー。もう五回も膀胱《ぼうこう》の手術を受けていて、こんどが六回目なんだって。

きょうはなにも食べるなってお医者さんにいわれてるから、ギャラガーはぼくが食べるのを見てるだけさ。なんだか、犬のブルウィンクルのまえで食べてる気分だよ。ウェニーが目のまえでポテトチップスやジェリービーンズを食べるたび、あのでっかいしっぽをバタバタさせながら、どこまでのびるんだっていうぐらい舌をベローンって出すあのすがた、わかるだろ。

二年まえ、おまえが、持ってるジェリービーンズをぜんぶブルウィンクルに食べさせたときのこと、よくおぼえてるよ。あいつ、上の歯と下の歯がくっついちゃってさ、ママがあいつの口をこじあけて、古い歯ブラシで、あのとがった、でっかい歯をみがいてたっけ。いままでないしょにしてたけど、おまえがジェシカんちにお泊《と》まりしたとき、ぼくがおまえにわたしたのは、実はあのときの歯ブラシだったんだ。あれで気分が悪くなって、帰ってきてから文句をいうかと思ってたけど、なにもいわなかったところを見ると、あの夜、ウェニーは歯をみがかなかったんだろ。

それはともかく、ギャラガーに見られてると食べにくくてしかたがない。ブルウィンクルとまったく同じ目の色をしてるんだ。ギャラガーがいつ舌をたらすかなって思っちゃうよ。

17日目(またつづき)

ウェニーへ。

いま、真夜中なんだ。ギャラガーは寝てるけど、ぼくはパッチリ目がさめてる。病院の機械はどれも小さなライトがついていて、ピカ、ピカ、ピカって光ってる。そしてぼくの点滴《てんてき》は、故障するたび、ビービー鳴りだすんだ。あのピカピカとビービーのせいで、頭がおかしくなりそうだよ。ねむれないから、もうちょっと手紙を書くことにした。

ぼくが死んだとき、光の中に飛び出すまえに、ひっそりした暗やみの中を通ったことをおぼえてるんだ。ウェニーもあの暗いトンネルの中を通った？　ぼくが通ったトンネルは、はじめは真っ暗だったけど、いやな暗さじゃなかったから、ぜんぜんこわくなかったよ。

ジャクソン公園の横にあるコンクリートのトンネルのことを、こどもはみんな「死のトンネル」って呼んでるけど、ぼくが通って空に飛びだしていったトンネルは、あのトンネルとはまったくちがうものだった。去年の夏、ウェニーとぼくがバーチ川であそんでいるとき、トンネルに入ってみろってサッド・スティックニーにいわれたこと、おぼえてるかな？　おまえにはいわなかったけど、あのとき、ぼくはすごくこわかったんだ。だって、あのトンネルに入るってことは、ジャクソン公園から地下にもぐってしまうバーチ川にそってずっと進むことになる。メルズ・マーケットのうらに出てくるまで、バーチ川も見えないほど暗いんだ。あのトンネルに入ってむこうがわまで行ったこどもなんて、いままでひとりもいないんだぜ。

サッドはぼくのスニーカーにペッとツバをはきかけて、「弱虫め」っていった。

「そんなことないぞ！」ぼくは胸をはってトンネルのまえに立ち、サッドの顔をにらみつけて、こわくなんかあるもんかってふりをした。そのとき、おまえがぼくの手をつかんでトンネルの中にさっさと入っていったのには、ほんと、びっくりしたよ。

あの中、暗かったよな。でも、ぼくらのうしろからは光がさしこんでいた。少なくとも、三番目のカーブをまがるまでは光がとどいてたよ。そしてカーブをまがると、おまえはそれまでうたってた歌をやめて、悲鳴をあげはじめた。手もつないでいなかったし、おまえのすがたも見えなかったから、怪物が出てきてかみついたのか、いったいどうなってしまったのか、ぼくにはさっぱりわからなかったんだ。

「こっちに来るんだ！」おまえの悲鳴に負けないぐらいの大声でぼくはいった。おまえがぼくにぶつかってきたときは、怪物かと思って、ぼくまで悲鳴をあげちゃったよ。

どうにかトンネルから出てきて、ウェニーがサッドに、怪物犬におそわれたけどぼくに助けてもらったっていったときは、うれしかった。あれから、ぼくに対するサッドの態度がガラッとかわったんだ。サッドのまえで、ぼくを勇敢《ゆうかん》な男にしてくれたお礼をいってなかったから、いまいうよ。ウェニー、ありがとう。

5

The Tunnel of Death

18日目

ウェニーへ。

きょうはギャラガーの手術の日。だから病室はからっぽだ。だれもいなくてよかったよ。ぼくがいまどんな気分か、とても人にはいえないからね。みんな、ぼくがくるったんじゃないかって思うかもしれないから、なにもいわないことにする。

お祭りのときに乗ったジェットコースターをおぼえてるだろ？　おまえが大好きで、ぼくが大きらいだったやつ。あのジェットコースターのような気分を、このごろずっと感じてるんだ。

本を読んだりアニメを見たりしてるときはだいじょうぶ。ジェットコースターがゆっくりと坂をのぼってるときのような感じさ。そして、ママがおみまいに来て、青い、悲しそうな目をぼくにむけて、ウェニーが死んだことをぼくが考えはじめると、ものすごいスピードで急降下して、叫び声をあげたいぐらい気分が悪くなってくる。いちばん下まで落ちるとあがっていって、また次のくだりがやってくるんだ。まるで、あのムカムカする感覚をのみこんで、それがずっとおなかの中にあるような感じ。いやだな。

あのお祭りの日、ジェットコースターに乗ってるあいだ、おまえがずっとぼくの腕にしがみついてたのをおぼえてるよ。すごい大声の悲鳴をあげてたから、ウェニーもこわがってて、ぼくと同じぐらいジェットコースターがきらいなんだろうと思ってたんだ。

ぼくらがおりると、パパがニコニコしながら、「もう一回乗りたい?」ってきいたよね。

ぼくは「もうやだ」っていった。

でもおまえはピョンピョン飛びはねながら、「乗りたい! 乗りたい!」って叫んだ。パパは笑っておまえを抱きあげると、鼻にキスをした。そして、「わかったわかった」っていったんだ。「さあ乗ろう」

ぼくは地上から、ジェットコースターに乗ってるパパとウェニーをながめていた。すごいスピードで落下してきた。おまえは悲鳴をあげていた。パパは両手を上にあげて大声を出していた。ぼくはおなかをおさえたよ。あんなものにまた乗りたいなんて、まったく信じられなかったね！

いま、病院のベッドの上にいるぼくは、この気分を人にいうことができないでいる。目に見えないジェットコースターに乗ってて、いつまた、あのクラクラする感じ、コントロールがきかない感じ、落下していく感じ、止めることができない感じがおそってくるかわからないんだってこと、とてもいえないよ。

18日目（つづき）

ウェニーへ。

きょう、またジェームズさんがおみまいに来た。まるで、ぼくの気分が悪い日をえらんでやってきてるみたいだな。あのノートになにか書いてるかってきかれた。ぼくはなにもこたえなかった。ジェットコースターのことを書いた手紙をジェームズさんに見せるつもりはない。わからないに決まってるもん。死んで空を飛んだ話も見せない。これはないしょの手紙だからね。ウェニーとぼくだけのひみつにするんだ。約束するよ。

6

The Tunnel of Death

19日目

ウェニーへ。

きょう、ギャラガーが手術からもどってきた。ひどい気分だっていってるけど、あいつの食べっぷりのすごいこと！　ガツガツ食うとは、まさにあのことだね！　ぼくらは、どっちがたくさんデザートをもらえるか、競争してるんだ。メニューにはいつも四種類のってるけど、選べるのはひとつだけ。ぼくらは毎朝、四つぜんぶに丸印をつけてるよ。

今夜、ギャラガーはデザートを二つゲット。レーズンクッキーとチョコレートケーキだ。ギャラガーのやつ、チョコレートケーキを一口で食べちゃった。「こりゃうめぇぇぇ！」だって。

歯も舌もこげ茶色で、まるで口の中に泥《どろ》をつめこんだみたい。

ぼくは自分のトレイに目を落とした。マカロニ。ミートボール。そしてチョコレートミルクと、デザートはひとつだけ。ライム味のゼリーだ。

ママが来て、ぼくのベッドに腰をおろした。まえよりはちょっとよくなったように見えた。髪《かみ》にブラシをかけてたもん。ぼくは、マカロニが黄色い牙《きば》に見えるように、口にくわえた。

「ちゃんとかんで食べなさい」とママがいった。

手に持ったゼリーをとおしてママを見た。ママが緑色になった。ギャラガーも緑色。ギャラガーのベッドまで、ぜんぶ緑色だ。

「ゼリーを下におきなさい」とママがいった。ママがぼくのミルクパックをあけた。「ストローをとってくるわ」

ママが外に出てるあいだに、ぼくはフォークでミートボールをつぶし、うんちみたいにしておまるにこすりつけた。

ストローを持ってきたママが、ぼくのおまるを見た。ママは「まあ」といって、それを持って急いでトイレに行くと、ミートボールをトイレに流したよ。大笑いしたギャラガーの鼻からオレンジジュースが吹きだした。

19日目（夜中）

ウェニーへ。

ビーッ！　ビーッ！　ビーッ！　点滴《てんてき》がいつも鳴りっぱなしだ！　看護師《かんごし》さんが十分おきにやってきて直さなきゃいけないんだ。こんな点滴なんか、廊下のむこうにつきとばしてやりたい。窓から放りなげてやりたい。はやくこの病院から出ないと、完全に気がくるってしまうよ！

20日目

ウェニーへ。

うちのパパとママみたいに、ギャラガーのパパとママも毎日おみまいに来るけど、ギャラガーんちのパパとママはうちとはぜんぜんちがうんだ。ギャラガーの足をくすぐったり、髪の毛をくしゃくしゃにしたりして、ふざけてばかりいるし、ギャラガーにマンガも持ってきてくれる。それに、ベッドの横でぴったりくっついてるんだ。手と手をにぎって。ギャラガーのパパは、ギャラガーの目のまえでときどきママにキスもするんだぜ。

ギャラガーのママは、ベーグルを食べるときはパパとはんぶんこしてる。ママのミネラルウォーターをパパがのむこともあるんだ！　うちのママならぜったいにそんなことさせないよ。ばいきんのことを気にしすぎるぐらい気にしてるもん。

きょう、ギャラガーのパパとママが帰ったあとで、うちのパパとママが来た。二時間もいたけれど、来てすぐ帰ったとしても、ぼくはかまわなかった。パパは冗談《じょうだん》もいわなかったし、マンガも持ってきてくれなかった。ママはよけいな笑顔も見せなかったし、ぼくの足をくすぐりもしなかった。

パパはうろうろ歩きまわって、ぼくのギプスをじっとながめていた。ママはぼくのコップにしょっちゅう水をくんできて、テーブルをふいていた。パパとママはほとんど口もきかないんだ。

ぼくはパパに、トランプをやろうっていった。七ならべを何回かやったところで、パパが腕時計を見た。

ママが、「わたし、生物のテストを採点しないといけないから」といって、ぼくのほっぺにキスをした。「なにかほしいものはない？」

「ない」

「ほんとうにないか？」とパパがきいた。

「ほんとうにない」

パパが、「そうか、じゃ、また」といって、二人で廊下を歩いていった。

ぼくは、テーブルの上にあったトランプを半分、手ではらって床に落とした。いちばん上に落ちたのはクラブのジャックで、右の顔とさかさの顔が見えた。その顔がぜんぶかくれるまで、上から上から上からどんどんカードを落としていった。

7

The Tunnel of Death

21日目

ウェニーへ。

ホッ。スウィーニー先生がぼくの指に針をさす、大きらいな採血も、こんどのが最後だ！　まったく、お医者さんはどれだけの血をとれば気がすむのかな？　スウィーニー先生がピエロの鼻をつけてても、そんなのどうでもいいよ。その鼻をつまんでプーッと鳴らしても、おもしろくもなんともない。でも、もう血をとられずにすむんだ！　ここから出られるんだ！

21日目（つづき）

ウェニーへ。

おまえをべつにすれば、ギャラガーはぼくが知ってる中でいちばんかわった子だよ。きょう、あいつは頭にパンツをかぶってこんな歌をうたってたんだ。「パンツマーン、パンツマーン、パンツマンにできることなら、なんでもおまかせ」

でっかい声でそれをうたうもんだから、病室に入ってきた看護師《かんごし》のペセッティさんに、「頭のパンツをとりなさい」って怒られちゃった。

22日目

ウェニーへ。

きょうの午後、ウエストフォール先生がやってきた。ぼくがトラックにはねられてけがしたところを見せたくて、ほかのお医者さんを何人かつれてきたんだ。ぼくの頭の上の方にレントゲン写真をはって、もみ手をしながら、どんなにじょうずにぼくの足を治したか、自慢《じまん》しはじめたよ。

ウエストフォール先生が、「ウィル、この先生がたに、きみの足を見せてみようか?」といった。そして、ぼくが返事をしないうちに、ぼくのガウンをまくりあげたんだ。ウエストフォール先生がぼくに話しかけると、ほかのお医者さんがみんな、ぼくのまわりに集まってきた。頭をピョコピョコあげたりさげたりしながらのぞきこんで、ウエストフォール先生にいろんな質問をしていた。

黒い髪《かみ》をクルッとねじって頭の上にのせてる女医さんが、「彼が骨髄炎《こつずいえん》にかかる可能性は?」ときいた。

骨髄炎っていったいなんだろうって、ぼくは思った。もしぼくがそれにかかったら、あの女医さんにうつしてやりたいよ、ものすごくひどいやつを。そうしたら、女医さんはしばらくねこむことになる。髪型もかえなきゃいけなくなるぞ。

「現在は感染防止のために抗生物質《こうせいぶっしつ》を投与しているところです」と、ウエストフォール先生がいった。「脾臓《ひぞう》を摘出《てきしゅつ》しなければならなかったため、さらに難しい状況が続いています」

「脾臓か」と、ひげづらの太ったお医者さんがうなずいた。そのお医者さんとウエストフォール先生は腕ぐみをして、しばらく「ぼくの脾臓」について話し合っていた。すると、さっきの女医さんが、またぼくの足について質問して、みんなが難しい病院言葉を使いはじめた。あれがかくかくしかじかで足がどうのこうの。それがなんやらかんやらで足があおだこうだ。なんだか、「ぼくの足」がぼくの体じゃないような気がした。

ぼくは目を細めて、ウエストフォール先生を見た。先生もぼくみたいに、病院のベッドから動けなくしてやりたい、と思ったよ。そして、女の看護師《かんごし》さんがいっぱいいるまえで、ぼくが先生のズボンをぬがして、「先生の足」についてあれこれしゃべってやるんだ。

23日目

ウェニーへ。

ギャラガーはドラキュラの歯を持っている。スウィーニー先生が採血に来ると、必ずその歯を口につけるんだ。それを見てスウィーニー先生は大笑いするよ。ぼくもあんな歯がほしいな。

ギャラガーは入院するときにその歯を持ってきたにちがいない。あいつはこれまでになんども手術を受けてるから、入院のときになにを持ってくればいいか、ちゃんとわかってるんだと思う。ギャラガーのパパとママも、おもしろいものを持ってくるんだ。ギャラガーはマンガを山ほど持ってる。けさも一冊読んでて、読みながらぼくの方を見た。そして、「ねえ、ウィル」といった。「死のトンネルに入ったことある？」

ぼくは首すじがゾクッとした。

「サッド・スティックニーは四番目のカーブまで行ったことがあるって」とギャラガーがいった。

「あいつはそういってるね」

「そうなんだ」とギャラガーがいった。すごく感心したように、ギャラガーがまゆげを大きく上にあげた。「それから、マーク・ジョンソンは去年、あの中で幽霊《ゆうれい》を見たんだって」

「ぼくの知らないことを話してくれよ」

「ということは、ウィルはあの中に入ったことあるのか？」

「もちろん。なんどもね」

「どのへんまで？」

「三番目のカーブを曲がったところまで行った。あのへんまで行くとすごく暗いんだ」

「ほんと？　よーし、ぼくはそれよりもっと奥まで行ってやるぞ！」

「ぼくの妹のウェニーは、あのへんで怪物犬を見たんだ」とぼくはいった。

ちょうどそのとき、ギャラガーのパパとママがやってきて、ギャラガーを車いすに乗せ、病院の食堂に昼ごはんを食べにいったので、ぼくらの会話はそこで終わった。食堂に行くまえ、ギャラガーは、読んでいたマンガをぼくにわたした。「二四ページにのってる死のトンネルを読んでおけよ」といった。

で、ぼくはそのマンガを読んだ。それはギリシャ神話に出てくる、オルフェウスの物語だった。オルフェウスがトンネルを通って地下の世界に入って、死んだ奥さんをつれもどしにいく話だ。たいていの人は、生きているときに死のトンネルを通ることはできないんだけど、ゆたかな音楽の才能を持っていたオルフェウスはその力でトンネルに入っていって、地下世界のふしぎな怪物たちをうっとりさせたんだ。

オルフェウスは音楽でケルベロスをうっとりさせた。ケルベロスというのは肉食の怪物犬だ。そしてオルフェウスは、ゴルゴンや、頭がたくさんついてるヒドラのような怪物もやっつけてしまう。

そして、地下世界を支配するハデスはオルフェウスの曲がすごく気にいって、奥さんのエウリュディケをかえしてくれるといった。ひとつだけ約束を守ったら、奥さんはオルフェウスのうしろをついていって地上にもどってもいいって。その約束は、地上に出るまで、オルフェウスはぜったいにうしろをふりむいてはいけない、というものだった。もし、とちゅうでオルフェウスが奥さんを見ようとふりかえったら、奥さんはまた死の国に落っこちてしまうんだ。

オルフェウスは大よろこびした。そして、約束はぜったいに守るといった。でも、オルフェウスはどうしたと思う？　音楽をかなでながら歩いてたんだけど、あともうちょっとでトンネルから出るというときに、うしろをふりかえっちゃったんだ！　ふりかえったために、奥さんはもう二度ともどってくることができなくなったんだ！

ぼくはギャラガーのマンガを病室のかべにたたきつけた。オルフェウスはなんてばかなやつなんだって思ったよ！　でも、どっちみち、このお話はまちがってる。このマンガをかいた人は死んだことがないにちがいないよ。この中でオルフェウスは、トンネルをおりて、川をわたって、なにも見えない暗いところを通って、怪物に歌をきかせたり、やみの人に話しかけたりする。でも、ぼくが死んだとき、ぼくは空を飛んだ。それに、いつまでも暗かったわけじゃない。暗いのは、はじめのうちだけだったんだ。

8

The Tunnel of Death

24日目

ウェニーへ。

きょうの午後、ギャラガーが退院したから、この病室にいるのはまたぼくだけになった。いま、病院でたったひとつの楽しみは、毎日の朝ごはんにワッフルが出ることだよ。ウェニーもここにいたら、ワッフルがもらえたんだけどな。ワッフルの上には、とかしたマシュマロまでのってる。おまえの好きな食べかたさ。すごく気分が悪そうにしてたら、特別なこともやってもらえるんだ。

25日目　10月31日

ゲーッ！

きょうは看護師《かんごし》のペセッティさんが魔女《まじょ》のかっこうをしてた。そしておもちゃのクモの巣をぼくのベッドにかけたんだ。おかげでイゴールのことを思い出しちゃったよ。パパとママに、家からイゴールをつれてきてってたのんだんだけど、病院はタランチュラ（クモの一種）をつれてくるような場所じゃないっていわれちゃった。ぼくは、「なにがいけないの？　イゴールは清潔で、おとなしくて、ベッドカバーの下に入れるぐらい小さいのに」っていった。

パパは、「それはそうだが」といった。

ママもパパも、病院のくだらない規則をやぶるのがこわいだけなんだと思う。二人とも病室の中を、まるで床がガラスでできてるみたいに、ものすごくしずかに歩くんだ。

晩ごはんのあと、ママに手伝ってもらってフランケンシュタインの扮装《ふんそう》をして、車いすに乗ってお菓子をもらいにいった。エレベーターでぜんぶの階をまわった。ぼくがゲットしたのは、光るガイコツ一こ、コウモリのキーホルダー一こ、ステッカー数枚、そしてクモ指輪をいっぱい。

どの階にもバスケットがおいてあったけど、キャンディは入ってなかった。お菓子も食べられないぐらい体の悪いこどもがたくさんいるからだ。ラッキーなことに、ギャラガーがおみまいに来て、お菓子をすこしわけてくれた。くれたのは、キャンディコーンと、ねじれてくっつきあったグミと、チョコレートマシュマロなど。

いまのところは、これが今年のハロウィーンだよ、ウェニー。これまでいちばんへんてこなハロウィーンだったのはまちがいないね。

寝るまえに、ひとつきいておきたいことがある。神様もウェニーにハロウィーンの扮装をさせてくれるの？　きっとだめなんだろうな。だって神様は、きょうのペセッティさんみたいなかっこうをするとは思えないもの。天使が黒いマントを着たり、とんがり帽子《ぼうし》をかぶったり、イボイボのゴム鼻をつけたりしたら、たぶん神様はいやがるよね。それに、ウェニーが顔を緑にぬろうと思ったら、顔に皮膚《ひふ》がなきゃいけないもんな。

26日目　11月1日

ウェニーへ。

あした、退院するんだ。ここに来たときからずっと帰りたいと思ってた。でも、いよいよ家に帰れると思うと、ちょっとへんな気分がするな。

自分の部屋にもどれるのはうれしいよ。ブルウィンクルやトゥインキーやイゴールにも、はやく会いたい。パパとママに会いたいかどうかは、よくわからないけど。二人がおみまいに来るたび、ぼくは悲しい気分になるんだ。パパやママと話していると、まるで幽霊《ゆうれい》と話しているみたい（怒るなよ、ウェニー。でも、このごろは、おまえに話しかける方が楽なんだ）。

それからもうひとつ。ウェニーのいない家がどんな感じなのか、まったくけんとうがつかないよ。ぼくのおもちゃを使いたがる人間はもういない。それに、「パジャマはいくつ？　パジャマはいくつ？　ゴミ箱の中にいくつある？」なんて、へんてこな歌をうたってぼくをイライラさせる人間もいない。おまえがいないと、家の中がすごくしずかだろうな。

できることなら、庭の木の上のツリーハウスに引っ越してずっとそこにいたいよ。ツリーハウスで、トゥインキーとならんで床の上に寝るんだ。トゥインキーはあそこの日なたに寝ころんで、のどをゴロゴロ鳴らしてるのが大好きなんだ。でも、ブルウィンクルを木の上にのぼらせる方法を考えなきゃいけない。あいつがいないとさびしいだろうから。ただし、ブルウィンクルはめちゃくちゃ重いから、でっかい滑車《かっしゃ》とじょうぶなロープが必要だろうな。

トゥインキーやブルウィンクルといっしょだったら、ツリーハウスがすごく楽しくなるぞ。ブルウィンクルは、ウェニーがどんなにくさくても、どんなひどいイタズラをしても、おまえをペロペロなめてくれて、すごくいい人になった気分にしてくれる。ブルウィンクルはそんなやつだよ。

9

The Tunnel of Death

27日目

ほら、ウェニー、家に帰ってきたぞ！　玄関《げんかん》でブルウィンクルがでむかえてくれたんだ。黒いでっかいしっぽをはげしくふるもんだから、ドアにぶつかってバンバン音を立ててたよ。

ぼくは「そこをどかなきゃ中に入れないじゃないか」っていいながら、頭をなでてやった。

ブルウィンクルはぼくのズボンをクンクンかいで、ぼくの手をなめた。あいつの息はくさったハンバーガーみたいなにおいだし、舌はぬるぬるのスライムみたいだけど、顔をなめさせてやった。体をおしのけたりすると、あいつ、すぐすねちゃうからな。

松葉杖《まつばづえ》で家の中を歩く練習をするあいだ、ブルウィンクルはずっとぼくのあとをついてきたよ。ずっと一階にいて、地下にはおりなかったから、うまく動けた。

トゥインキーはリビングで、いつものようにテレビの上でねむってた。くるんと丸まって寝てるすがたは、まるでよごれた雪玉みたいだ。しっぽには茶色の包帯がまかれてた。その包帯はすごくへんなにおいがしたけど、とにかく、耳のうしろをくすぐってやった。トゥインキーはあくびをして、ピンクの舌をくるっと丸めた。

つぎに、ぼくはイゴールのところへ行った。これからはぼくが世話をするから、イゴールのケースはウェニーの部屋からぼくの部屋にうつしてあったんだ。ケースのふたをとり、きりふきで水をシュッとかけてやった。本に書いてあったとおり、水をかけるのは一回だけだ。ブルウィンクルがイゴールにむかって、あいさつするみたいにワンとほえた。イゴールは同じ方をむいたまま、ぜんぜん身動きしない。イゴールがよろこぶのは、生きたコオロギやいも虫をケースの中にいれてやるときだけだよ。

トゥインキーが部屋に入ってきた。ドレッサーの上に飛びのって、じっとしてるイゴールをながめていた。ずっと、イゴールにつめを立てたそうにしてたけど、イゴールはぜんぜんこわがっていない。ぶあついガラスケースに守られてることを知ってるんだ。

病院から持ってかえったぼくの荷物を整理するあいだ、ママはイゴールを見ないようにしていた。ママがクモぎらいだってこと、知ってるだろ。パパはドアのところで、腕ぐみして立っていた。そして、「帰ってきてよかった」といったけど、窓の外を見ながら、まるでカエデの木に話しかけるみたいにそういったんだ。パパとママが部屋を出ていくまで、ぼくはずっと座ってイゴールをながめていた。これからしばらくは、動物たちだけがぼくのあそび相手なんだろうな。

28日目

ウェニーへ。

さわがしいおまえがいないと、家の中のふんいきがぜんぜんちがうよ。いま、この家にいるのはしずかな人間ばかりなんだ。パパは、まえはよくステレオでビートルズの曲を聞いていた。いまはあまり音楽を聞かない。仕事から帰ってくると、まえはブルウィンクルといっしょにジョギングしたり、ぼくとフリスビーをやったりしたけど、いまは、地下のスタジオに直行さ。そこでなにをやってるのかは知らない。ママにもぼくにも、新しい写真を見せてくれないんだ。

ウェニーが死んだせいで、パパの計画がくるっちゃったんじゃないかな。パパは町でやってる写真店で、太陽の絵なんかをかいた幕のまえで、ふわふわのボールをもった赤ちゃんの写真とか、ピンクの傘《かさ》をさしたおばあさんの写真とか、いろんな写真をとってたくさんお金をかせいでる。でもパパにはもっと大きな計画があったこと、おぼえてるかい？　パパはぼくらの白黒写真をいっぱい持ってる。そして、その写真に手がきで色をつけて、そのうち、ギャラリーで大展覧会を開こうと思ってたんだ。そんな展覧会が開けるかどうか、ぼくにはわからない。もう、ぼくらの写真はとることができないし。どういう意味かわかるだろ。いまはもうぼくしかいないんだ。松葉杖《まつばづえ》をついて、足にぶさいくな青のギプスをはめたぼくだけ。これじゃ、かっこいい写真はとれないよ。

28日目（つづき）

ウェニーへ。

ぼくがなんのためにまた自分の体にもどってきたか、ぼくにはわかっている。パパとママが息子といっしょにいて、みんなで家族でいられるために、ぼくはここにもどってきたはずなんだ。自分の体にもどってきたとき、ぼくはそのことを強く感じて、正しいことをやってると思ったけど、それがこんなにたいへんなことだとは思わなかったよ。

ぼくはできるかぎり、パパやママを元気づけようとしている。きょうは、ホイップクリームと粉ざとうをかけたクラッカーを作ってあげた。けっこうむずかしかったんだぜ。

去年の春、おまえがかんたんな料理を作ったときのこと、おぼえてるかな？　パパもママも大よろこびしてさ、おまえにキスして、家族のためにこんなごちそうを作ってくれるなんて、なんてやさしい子なんだって、そういってただろ？　でも、きょう、ぼくはキスをしてもらえなかったよ。パパは、「ありがとう。でもおなかがすいてないいんだ」っていった。ママは一こだけ食べると、床にこぼれた粉ざとうをはきながら、ぼくに流し台のかたづけをやらせたんだ。ぼくは外に出て、芝生《しばふ》のいすに座った。そこでクラッカーを二こ食べて、ブルウィンクルに一こやった。ブルウィンクルはしっぽをふりながら、ぼくのひざによだれをいっぱいこぼした。だれかがよろこんでくれるっていうのはすてきなことだ。

29日目

ウェニーへ。

きょう、朝ごはんのとき、ぜんぶの指にクモ指輪をはめて、ママをびっくりさせようとしたんだ。それを見て、ママがなんていったと思う？「かっこいいわね、ウィル」だぜ。信じられるか？「かっこいいわね、ウィル」だって。クモが大きらいのママが。まえだったらぜったいにそんなことをいわなかったよ。いまのママは、ママだけどママじゃない、そんな感じ。ぼくのいいたいことがおまえにわかるかな。

ぼくが家に帰ってきたら、ママもだんだん元気になるんじゃないかと思ってたけど、あいかわらずさえないよ。顔色がすごく悪い。髪《かみ》の毛はよれよれ。目は赤くてはれぼったい。赤ちゃんのいるところ以外は、からだもガリガリだ。

元気がないように見えるのは妊娠《にんしん》してるのと、仕事でつかれてるせいだってママはいってる。でも、ママがあんなに元気がないのは仕事や赤ちゃんのせいじゃないと、ぼくは思う。ウェニーとぼくの事故のせいだよ。

台所のテーブルで、はれぼったい目でこっちを見てるママがなにを考えてるか、ぼくにはわかるんだ。

おにいちゃんらしく、ちゃんとウェニーの面倒を見なきゃいけなかったのに。

ウェニーを道路に出さないようにしなきゃいけなかったのに。
ウェニーがトラックにひかれないようにしなきゃいけなかったのに。

ママの考えてることがわかるから、ママがぼくを見ながら、なみだを流さずに泣いていると、ぼくはすごくつらくなるんだ。

10

The Tunnel of Death

30日目

ウェニーへ。

あしたから学校に行くんだ。家から出られるのがうれしいよ。家にいてもなにもやることがないからね。きょうもほとんど部屋の中にいて、すっごく退屈だった。ゴミ箱と丸めたソックスでバスケットボールをやった。それから、ウェニーのせいでできた窓のひびをしばらくながめていた。おまえがゴムパチンコのためし打ちをしたときにできたやつだぞ。

あたりがあまりにしーんとしてるんで、外に出て、ブルウィンクルがほえる声を聞こうと思ってへたくそな歌をうたった。あいつがみごとにほえたもんだから、うら庭のフェンスから顔を出したティビットさんに、「うるさい、このばか犬！」ってどなられたよ。

31日目

ウェニーへ。

きょうは学校にもどった第一日目だったけど、わきの下がめちゃくちゃかゆかった！　だれがこんな松葉杖《まつばづえ》なんか発明したんだろ？　こんなの、大むかしからあるものじゃないか。いまの時代なら、足を骨折した人のためのジェット噴射機《ふんしゃき》があってもいいんじゃないのかな？

みんな、ぼくのギプスにサインしたくて、一日じゅう、ぼくのうしろをついてきたよ。先生までサインしたがっちゃってさ。ウェニーの担任だったフィッツウェンデル先生は、「ウィル、みんながあなたを愛しています」って書いた。そして、自分の名前の横に、ちっちゃなハートまで書いたんだ。おまえ、よくあんな先生にがまんできたな。お化粧《けしょう》があつすぎて、枯れたバラをいれた古いかばんみたいなにおいがしたぞ。

廊下でフィッツウェンデル先生に会わなきゃいいなって思った。というのも、教室にもどってからギプスで五目《ごもく》ならべをやって、先生の書いた字の上がマーカーだらけになっちゃったんだ。ちっちゃなハートも、人に見られるまえに×をつけて消した。

給食はあいかわらずだ。メニューにおもしろい名前をつけて、ほんものの料理っぽくしてあるんだ。きょうのメニューの名前は「そりをひく犬と雪景色」だった（マジだぞ！）。実はホットドッグとクリームコーンなんだけどさ。クリームコーンが雪景色のつもりなんだろうな。まあ、ブルウィンクルが穴をほっておしっこをかけたあとの雪だったら、あんな感じだけどね。それとホットドッグだ。ウゲーッ！　まずかった！　あのギャラガーだって、二口食べたあとで「雪」の中につっこんで、まるごとゴミ箱に放りこんだんだぜ。

ぼくは、ブルウィンクルに持ってかえってやろうと、ホットドッグをつつんでリュックの中にいれた。一度、ブルウィンクルが線路のわきで、馬糞《ばふん》を食べてるのを見たことがある。あいつならこのホットドッグだって気にいると思ったんだ。

32日目

ウェニーへ。

学校はまえとぜんぜんかわってない。休み時間にサッド・スティックニーがやることも、まえとおんなじだ。サッドはギャラガーの悪口をいって、ギャラガーのくつにツバをはきかけた。

ギャラガーは弱虫だから死のトンネルに入っていけないって、サッドはそういったんだ。

「だまれ！」と、ぼくはいった。「あんなトンネルがどうしたっていうんだ」

ギャラガーが顔をまっ赤にして、「ぼくもトンネルに入ってやる」といった。「見てろよ！」

「おーい、スティーブ！」と、サッドがスティーブに声をかけた。「ギャラガーが死のトンネルに入るっていってるぞ！」

「ブタのけつにそんなことできるもんか！」とスティーブがいった。

ぼくはギャラガーの腕をつかんで、「行こう」といった。「あんなやつらの相手をするな」

終業ベルが鳴ると同時に、ギャラガーとぼくは、道路をわたったところにある「ベンの安売りショップ」に行った。ぼくはスニッカーズ一本とコーラを買った。ギャラガーはスニッカーズ五本といちごソーダを買った。ぼくはギャラガーにこういってやりたかった――「そんなにお菓子を食べないでもうちょっと体重をへらせば、サッド・スティックニーやほかのみんなに、死のトンネルに入らないことでからかわれたり、『ブタのけつ』って呼ばれたりすることもないのに」と。でも、ぼくらは親友だから、ギャラガーがこまるようなことはいわなかったよ。

小銭がのこったので、ガム玉マシンでガムを買った。赤と青のガム玉が出てきた。おまけになにが出てきたと思う？　ニセモノの赤いルビーがついたプラスチックの指輪さ。ウェニーはこの指輪をいっしょうけんめい集めてたろ、とくに赤いのを。いままで、ぼくが赤いのにあったことなんてなかったのに。へんな気分だった。

32日目（つづき）

ウェニーへ。

いま八時だけど、まだはらが立っている。その理由を教えてやろう。学校から帰って、ガム玉であてたあの指輪を、ぼくが宝ものをいれてる木の箱にかくしておこうと思ったんだ。ふたをあけたとたん、いちばん大切にしてた磁石《じしゃく》がなくなってることに気がついた。ぼくは、あれを使ったら必ず箱にもどしてたから、またおまえがとったんだろ。

あれは馬蹄《ばてい》のかたちをしてるし、プラスチックのところがまっ赤だから、ふたをあけたらどこにあるかすぐわかる。部屋じゅうをさがしまわったよ。クロゼットの中。実験セットの中。机の引きだしもぜんぶ。本だなの中もさがした。そのとき、戦士もいくつかなくなってることに気がついたんだ。スーパードロイドも、マスター・シェープチェンジャーも、ガンマガッツも、部屋のどこにもなかった。外に出て、ガレージの作業場にいった。そこに入ったのは、パパといっしょにミニカー・レースの車を作ったとき以来だ。

たなの上にクイックシルバー号があった。ぼくが買ってきた銀のペンキでキラキラ光ってた。手にとって車輪をまわしてみた。クルクルン。いつでも準備オーケーで、足りないものといえば、パパにいわれてぼくらが木工店に買いにいった重りだけ。ミニカー・レースも、もう終わっちゃったよ。ぼくが病院にいるあいだにあったんだ。サッドの車は二着だった。優勝したのはぼくの知らない子だ。どうでもいいけど。

ぼくはクイックシルバー号を古い箱のうらにかくして、磁石《じしゃく》や戦士をさがした。どこにもなかった。おい、ウェニー！　おまえはいつもぼくのものを持っていくだけで、もとにもどさないんだな！　あした、おまえの部屋をさがすからな。おまえが死んでから、あそこには一度も入ってないんだ。おまえがぼくのものを持っていかなかったら、ぜったいに入らないのに！

33日目

ウェニーへ。

たったいま、すごーくへんなことがあったんだ。ぼくは廊下で、磁石をさがしにウェニーの部屋に入ろうとしてた。そして、ドアをノックした。だれかの部屋に入るときはノックすること、というのが、むかしから家族の決まりだっただろ。だから、いつもの習慣でそうしたんじゃないかな。

そのとき、パパが廊下に出てきて、ドアをノックしてるところを見られたんだ。校庭の砂をのみこんだみたいに、のどがザラザラになった感じがした。「ごめんなさい」って、ぼくはよく出ない声でいった。

パパは口をパクパクさせるだけで、だまってそこに立ってたよ。パパのあごの筋肉がこわばっていくのがわかった。廊下のあかりがパパのメガネに反射して、まるでパパの目がもえているみたいだった。

33日目（つづき）

ウェニーへ。

あの事故から三十三日がたって、はじめておまえの部屋に入るんだと思うと、なんだかふしぎな気がする。入らないようにしてたのかもしれない。でも、パパやママも同じなんだ。

おまえのちらかった部屋を、松葉杖《まつばづえ》をつきながら歩くのはたいへんだった。マスター・シェープチェンジャーとスーパードロイドは、ドレッサー近くのマットの上にあった。ガンマガッツの体が、ブレンダのピンクのドレスからはみだしていた。女の子の服の中にもぐりこんで、いったいなにをやってたのかな？　ぼくはそのドレスをぬがして、ベッドの下に放りこんだ。そしてガンマガッツの、プラスチックの髪《かみ》のにおいをかいでみた。おまえ、ガンマガッツの頭にどんな香水をつけたんだよ？　あのにおいを消すには、パパのアフターシェーブローションをつけるか、ブルウィンクルのせなかにこすりつけるしかないぞ！

ほかの戦士といっしょに、ガンマガッツもドアの横においた。そのとき、ウェニーのまくらの下に赤いものが見えたんだ。ぼくの磁石《じしゃく》かもしれないと思ってしらべてみた。でもそれは、目のところがハート形のサングラスだった。

おまえのテディベアのミルトンがベッドカバーの上にころがっていた。ミルトンをなでてやった。わきの下から中わたがはみでていて、腕にはトイレットペーパーがまかれていた。ミルトンがよくなるようにと、ウェニーがまいたトイレットペーパーだ。おまえがあれをまいたときのこと、よくおぼえてるよ。ミルトンのきずが痛くならないよう、はみがきをぬって、クマの病院に一週間は入院しなきゃねっていってたな。ミルトンに悪いことしたと思ったんだろ。だって、ミルトンの腕をきずつけたのはおまえなんだから。

ウェニーのおもちゃ箱で磁石をさがしてると、トゥインキーとブルウィンクルが部屋に入ってきたよ。トゥインキーは自分専用のヘビのぬいぐるみを口にくわえていた。ほら、あれさ、ぼくらが去年の夏に作った、ネコの好きなイヌハッカとピーナッツのからをパパの古いソックスにつめたやつ。トゥインキーがそれであそんでたら、ブルウィンクルにとられちゃった。うなり声をあげて、ブルウィンクルがぬいぐるみをふりまわした。ぼくはヘビのしっぽをつかんで、「こら、はなせ、このばか犬！」っていった。そしておもいっきり引っぱった。すると、ピーナッツのからとイヌハッカがそこらじゅうに飛びちったんだ。

トゥインキーも、せなかの毛をさかだてってうなっていた。

「はなせよ、ばか犬！」

書斎《しょさい》から出てきたパパが、ドアのところに立っていた。

「どうしたんだ?」と、パパがいった。「こんなところでなにをやってるんだ?」

「さがしものをしてたんだよ」と、ぼくはいった。そのとき、テストのたばをもったママが廊下を通った。そして床にちらばったピーナッツのからを見た。「まあ、こんなにちらかして!」

「そいつらを部屋から出すんだ」とパパがいった。

「ウェニーがぼくの大事な磁石《じしゃく》をとったんだ」と、ぼくはいった。「それがまだ見つからなくて――」

「こら、ウィリアム・ノース！」と、パパがぼくをフルネームで呼んだ。でも、ぼくの方は見ていなかった。パパが見ていたのは、トイレットペーパーを腕にまいたミルトンだったんだ。

パパは腕ぐみをして、これからプールに飛びこむみたいに、大きく息を吸いこんだ。

「トゥインキーはわたしがつれていくわ」とママがいった。

「こいよ、ばか犬」とぼくはいった。ブルウィンクルは廊下からぼくの部屋まで、ぼくのあとをついてきた。

いま、ママがそうじ機をかけてる音がきこえる。パパはどこにいるかわからないけど、知りたくないや。ぼくが磁石をなくして、六人の戦士と部屋にとじこもっているのも、ぜんぶおまえのせいだぞ。

11

The Tunnel of Death

34日目

ウェニーへ。

今朝はみんな、ほとんど口をきかなかった。うれしそうにしてたのはトゥインキーだけ。ちらばったイヌハッカをママがそうじ機に吸いこんでからは、トゥインキーはそうじ機となかよしになっちゃったんだ。ぼくが学校に行くまえ、トゥインキーはそうじ機のゴミぶくろをクンクンかいで、好きで好きでたまらないという感じで、体をこすりつけていた。とにかくぼくは、外に出て昼間は家にいないですむのが、すごくうれしかったよ。

学校では、出だしは順調そのものだった。給食もピザだったし。ところが、午後になって、工作の時間に問題がおきた。ターウィリガー先生が、このつまらない学校の歴史はじまって以来、いちばんつまらない授業をやったんだ。

先生は授業がはじまると、赤ちゃんに名前をつけるときの本を、机の上に何冊もおいた。山ほどあった。赤ちゃんが表紙になってるやつ。おむつすがたの赤ちゃんだよ。ターウィリガー先生はすごくいい先生なんだけど、ときどき、わけのわかんないことをやるんだよな。先生はクラスをいくつかのグループに分けて、その本でぼくらの名前をしらべさせた。そして、ぼくらの名前の意味を絵にかかせたんだ。

ぼくと同じグループになったのは、サッドとカミーラとギャラガーだ。サッドの名前は「いさましい」という意味だった。サッドがかいた絵は、死のトンネルの中で、銀の剣《つるぎ》を持っておそろしい巨大幽霊《ゆうれい》と戦っている自分のすがただった。幽霊はもう死んでるんだから、剣でやっつけることはできないと思ったけど、なにもいわなかった。

カミーラは自分のいちばんきれいなすがたをかいたけど、あまりじょうずじゃなかった。実物よりもずーっときれいで、髪《かみ》の毛も長くかいてた。カミーラの名前の意味は「完璧《かんぺき》な人」なんだ。信じられる? ウェニー、いいことを教えてあげるよ。この「完璧な人」が、はなくそをほじって机のうらになすりつけてるのを、見たことがあるんだ。カミーラはだれも見てないと思ったんだろうけどね。よくやるよ。

ギャラガーの名前の意味は「熱心に助ける人」だ。ギャラガーは、自分の髪の毛の色を濃いオレンジにするか赤にするか、しばらく迷っていた。そして、紙にむかってかきはじめた。できあがった絵を見ると、ぼくに松葉杖《まつばづえ》をわたしているギャラガーの横に、「熱心に助ける人」と書いてあった。それを見て、ぼくはわきの下から汗が出てきたけど、なにもいわなかった。

ぼくは自分の名前をしらべた。ウィル——ウィリアムをみじかくしたもの。その意味は、「いっしょうけんめい守る人」だった。ぼくは自分の名前を紙に書いてみたけど、どんな絵にすればいいか、ぜんぜん思い浮かばなかったよ。茶色のクレヨンをつめでひっかいて、つめの中が茶色のクレヨンだらけになった。かべの時計を見た。授業が終わるまであと八分だった。いそいでかかなきゃいけなかった。

ターウィリガー先生がぼくのところに来て、うしろからのぞきこんだ。「いっしょうけんめい守る人ね」と先生がいった。「ウィルにぴったりの名前ね」

ぼくの体が、かぜをひいたみたいにふるえだしたけど、かぜはひいていなかった。はやく先生がむこうに行けばいいのにと思ったけど、先生はぼくの机からはなれず、息がかかるぐらいの距離にぴったりくっついていた。「きずついた動物とか、助けたことある？　そんな絵をかいたらいいわね」

ぼくはブルウィンクルのことを考えた。ブルウィンクルを助けるなんて、ぼくにはむりだ。だってあいつ、ものすごく重いんだもん。ぼくはむらさきのクレヨンをとって、まいてある紙をむしりはじめた。ターウィリガー先生が机の横にしゃがんで、香水のにおいがプーンとするぐらい、ぼくに顔を近づけた。

「いっしょうけんめい守る人ね」と、先生がもう一度いった。教室のみんながぼくを見ていた。みんながなにを考えているか、ぼくにもちゃんとわかってた——いっしょうけんめい守る人。そのとおりだ！　あいつは妹を守ったもんな。トラックにひかれないよう、妹を道路の外に出したもんな。そして妹の命を助けたもんな。そうだそうだ。

終業ベルが鳴って、ぼくの頭の中でなにかがはじけた。ぼくはクレヨンかごのクレヨンを先生の上にザーッと放りだすと、松葉杖《まつばづえ》をついてドアから出ていった。役立たずの松葉杖で出せるせいいっぱいのスピードで、よろけながら校庭をつっきった。校門を出て歩いていると、ギャラガーが追ってきて、ぼくのシャツをつかんだ。「ターウィリガー先生が呼んでるぞ」

「授業は終わったよ！」とぼくは叫んだ。「手をはなしてくれ！」

「いやだ。ウィルをつれてこいって先生にいわれたんだ。先生、心配してるぞ」

「よけいなおせわだ」といって、ぼくはまわりを見た。みんなもう教室を出て、校庭にいたり、ぼくらの横を通りすぎていったりした。きょうの授業は終わったんだ。

ギャラガーが松葉杖をつかんで、ぼくからとりあげようとした。ぼくは松葉杖を力いっぱいにぎった。「はなせよ、ギャラガー！」

「ぼくのいうことをきけ、ウィル！」

「ぼくがこんなギプスをしてなかったら、追いつけなかったくせに！」

「追いついたよ！」

「追いつけるもんか、このデブ！」

ギャラガーが松葉杖から手をはなした。髪《かみ》の毛が汗でひたいにへばりついていた。「わかったよ、ウィル。勝手にしろ。一週間の停学でもくらえばいいんだ！」そういうと、ギャラガーはむこうにスタスタと歩いていった。

いま、家に帰ってきたところだ。ターウィリガー先生はぼくに0点をつけるだろうな。先生になにをいわれたって、ぼくはかまわない。あんなくだらない名前の絵なんか、かくもんか。ぜったいかかないぞ！

34日目（つづき）

ウェニーへ。

きょうの晩ごはんは、チキンとライスと芽キャベツだった。ガックリ。ママはパパに話しかけなかった。パパはママに話しかけなかった。ぼくはパパにもママにも話しかけなかった。ウェニーはすごくたくさんおしゃべりをしてたんだなぁってことに、ようやく気がついたよ。おまえはばかみたいなことをいっぱいしゃべってたよな、「このピクルスを作ったのだれ?」とか、「神様の髪《かみ》の毛は何色?」とか、「ウシさんはアイスクリームが好き?」とか。ばかばかしい。サイテー。おもしろくもなんともないや。

でもパパは、おまえのおしゃべりに大笑いしたよな。それにつられてみんなも笑った。ブルウィンクルはテーブルのまわりを走って、あのでっかいしっぽをぶつけてフォークを床に落としたり。

いまは家の中のふんいきがぜんぜんちがってるんだ。すごくしずかで、パパがミルクをのんだときのゴクッていう音も聞こえるぐらい。フォークがお皿にぶつかるカチャカチャって音もぜんぶ聞こえるよ。

ぼくはあのカチャカチャが大きらいだから、冗談《じょうだん》をいってパパを笑わせることにした。

「おばけはマンションの何階に住んでるか知ってる？」

パパとママを見ながらそういった。パパは目をぱちくりさせた。ママは口を動かすのをやめた。

「こたえは0階、だよ」とぼくはいった。

ママがフォークをおいた。

「わかる？　0階《れいかい》と、霊界《れいかい》、ね？」

パパがバーンと立ちあがった。「自分の部屋に行ってろ、ウィル！」

「どうして？　ぼくがなにか悪いことした？」

「つべこべいうな！」行き先を教えるように、パパが廊下の方を指さした。ぼくは自分の部屋に行ってドアをバタンとしめた。

そういうわけで、いま、ぼくは部屋で手紙を書いてるんだ。すべてこんなちょうしさ。ウェニーはいつもパパやママをかんたんに笑わせていた。ぼくは幽霊《ゆうれい》の冗談をいっただけで、部屋に行ってろっていわれる。こうなったら、一生この部屋から出ないで、ピーナッツバター・サンドだけ食べてやる。もうパパやママといっしょにごはんを食べたりしないんだ！

35日目

ウェニーへ。

おまえはいつもしかられずにすんだよな。ゴムパチンコのためし打ちをして、ぼくの部屋の窓にひびをいれたときも、パパはほとんど怒らなかったし。雨がふるとあそこから雨水がもれてくること、知ってるか？　それから、おまえがピクルスの汁をのんで、台所の床にはきだしたこともあっただろ？　パパとママは、どうしてそのそうじをぼくにやらせたんだ？　そりゃあ、たしかに、ピクルスのびんのふたをあけてやったのはぼくだけどさ、あれをぜんぶのめるっていったのはおまえなんだぞ。

みんな、おまえが悪い子だなんて考えもしないんだ。おまえがかわいいから。おまえのちっちゃな丸顔と、そのくるっとまいたブロンドの髪《かみ》の毛で、おとなはもうおまえにメロメロなんだ。スーパーマーケットにいる、どこかの知らないおばさんまでおまえをかわいがっちゃってさ。「まあ、かわいい天使さん！」とかなんとかいって。そして、ウェニーの笑顔を見たら、そのえくぼにおとなはイチコロだよ。ママなんか、おまえの顔を見ただけで、いまにも歯がこぼれそうなほどニコーッて笑ってた。

おまえはそのかわいさでみんなをだましたけど、中でもいちばんひどかったのがパパだよ。お菓子をぜんぶ食べちゃったり、オレンジジュースを床にこぼしたりしても、おまえは目にちょっとなみだをうかべて、「だっこして」っていうんだ。すると、おまえのなみだを見ただけで、パパの怒《いか》りはどこかにすっとんでいっちゃうんだよな。パパはいつもふかふかの大きないすに座ってる。そして、ごきげんになったパパは、本を読んでお話を聞かせたり、おへそをコチョコチョくすぐっておまえを笑わせたりするんだ。

ぼくも一度、ガラスをわったとき、おまえのテクニックをためしたことがあるよ。ぼくはごめんなさいっていった。そしてなみだを流して、だっこしてっていった。そうしたら、パパはぼくの手にほうきをおしつけて、「メソメソせずに、さっさとここをかたづけろ」っていった。コチョコチョもなし。お話もなし。そのかわりにほうきだよ。

36日目

ウェニー、なにがあったと思う？

ぼくがターウィリガー先生の上にクレヨンを放りだしたこと、先生がパパとママにいったらしい。家に電話してきて、ぼくのことを心配してるっていったんだ。ぼくに救いの手が必要だと、先生は考えてるんだ。それでいま、パパとママがジェームズさんに連絡したところだよ。ほら、病院になんどかおみまいに来た人、知ってるだろ？　あの人、教会で中学生を教えたり、さとうをまぶしたドーナツを食べてるだけの人じゃなかった。ジェームズさんは町の家庭相談所で働いてるんだ。病院におみまいに来てくれって、パパとママがジェームズさんにたのんだ理由が、やっとわかった。ひきょうなやりかただよ。

来週、ジェームズさんのところに行って、学校であったことを話すんだって、パパとママにいわれた。どうしてみんな、ぼくのことを放っておいてくれないのかな？

12

38日目

The Tunnel of Death

ウェニーへ。

放課後、ママの車で家庭相談所に行った。またジェームズさんに会うんだと思うと、ものすごく緊張《きんちょう》したよ。ジェームズさんがぼくをしらべて、「ウィルはくるってます」とパパやママにいって、小児《しょうに》病院の三階に入院させられ、木に話しかけてた子と同じ部屋になったらどうしよう、なんてことを考えてた。指で歯をゴシゴシこすってる子と一日じゅういっしょにいるのはいやだから、ジェームズさんになにをいわれても、ふつうの子のふりをしなきゃ、と思った。

相談所には時間どおりに着いたんだけど、ぼくらは待合室で一万時間ぐらい待たされた。なにもやることがなかった。おならの音まねや心臓《しんぞう》マヒのふりをしても、ギャラガーみたいに笑ってくれるやつがいないんで、そこにあった科学雑誌でラマの記事を読んだ。ラマが二種類のツバを持ってること、知ってた？　ふつうのツバは仲間のラマにかけてもいい。でも、ラマの敵や、ラマを怒らせるばかな人間には、特別な、緑色のくさいツバを使うんだ。

とちゅうでジェームズさんに呼ばれてママといっしょにオフィスに入ったから、その記事は最後まで読めなかった。ぼくを放っといて、ジェームズさんがママになにか話をすると、ママはまた待合室にもどっていった。

ジェームズさんからいちばん最初にきかれたのは、なぜターウィリガー先生の上にクレヨンを放りだしたのか、ということだった。

「偶然そうなったんだ」とぼくはこたえた。

メガネの上で、ジェームズさんの太いまゆげがピクンと持ちあがった。「じゃあ、名前の絵をかくことは、いやじゃなかったのかい？」

「いやじゃなかったよ」

「きみの名前の意味をしらべてみたんだ」とジェームズさんがいった。「わたしの名前よりはましだな」

「ジェームズさんの名前は、どういう意味なの？」

「わたしの名前はカルビンで、これは『ハゲ』という意味なんだ」

「ほんとに？」とぼくはいった。「ジェームズさんの両親は超能力者だったんだね」

ジェームズさんは笑顔を見せ、ツルツルの頭を手でなでながら、「それで」といった。「ターウィリガー先生はきみを怒らせるようなことをいったのかい、ウィル？」

「いってない」とこたえて、ぼくは松葉杖《まつばづえ》を立ててくるっとまわした。

ジェームズさんはえんぴつをいじっていた。ダフィー・ダックのカップに色えんぴつが十七本立ててあった。ちゃんと数えたんだ。

「わたしがあげたノートは使ったかい？」とジェームズさんがきいた。

「使ってない」と、ぼくはいった。うそをついちゃったけど、ウェニーへの手紙のことをジェームズさんにしゃべりたくなかったんだ。あれはおまえとぼくだけのひみつなんだ。

「あのノートに、ウィルが考えたことを書く必要はないんだよ」と、ジェームズさんはいった。

「絵をかいてもいい。なんでも好きなものを書けばいいんだ」

ぼくは、ギャラガーがギプスにかいたゴジラの絵を指でなぞった。

「家のようすはどうだい？」とジェームズさんがきいた。

質問をされるたび、心の中がもぞもぞする気分だった。まるで、イゴールのえさのうじ虫をまちがって食べちゃったみたいな感じだ。注意深くこたえなきゃいけないと思った。だって、もしも、家の中がひどい状態だってぼくがこたえたら――一万トンの重りをのせたみたいに重苦しいふんいきで、ひどく悲しんでるパパとママにはらが立って、ウェニーが死んだせいでぼくの生活はめちゃめちゃだってこたえたら――どうなると思う？　あの三階の病室にとじこめられるのは確実だ。だからぼくはこうこたえた。「まえとはちがう」

「どんなふうに？」

一〇〇メートル走を走ったばかりのように心臓《しんぞう》がバクバクした。ゆっくり息を吸って、ジェームズさんの耳を見た。耳の穴から毛がはみだしていた。まちがったところに毛が生える人もいるんだなと思った。

「とにかくちがうんだよ」

ジェームズさんが、絵をかくのは好きかときいた。ぼくはページのすみに軽くためしがきをしてから、緑色のでっかいツバのかたまりを飛ばしているラマをかいた。ジェームズさんは目が悪いんだろうと思った。だって、ぼくの絵を見て、それはなんだってきいたんだ。

「ラマだよ」

「このラマ、なにをしてるんだい？」

「ツバを吐《は》いてるんだ」と、ぼくはいった。「ラマは、怒ると緑色のツバを吐くんだ。四メートル以上も飛ばせるんだよ」

「すごいな」とジェームズさんがいった。あごのまえで手と手を合わせていた。「ラマは、どんなものにはらを立てるのかな？」

これはひっかけ質問だなってわかったから、ぼくはこうこたえた。「おせっかいな人間に」

ジェームズさんは、ぼくがなにか大事なことをいったみたいに、大きくうなずいた。

時間が来て、ママといっしょに家に帰った。ぼくは、もうジェームズさんのところには行きたくないっていったけど、ママは次の予約をいれていた。べつにかまわないや。ぼくはもう行かない。そう決めたんだ。

13

The Tunnel of Death

39日目

ウェニーへ。

パパはおまえの名前を口にしない。おまえが死んでから、パパがおまえの名前をいうのを一度もきいたことがないよ。ぼくはパパのまえでおまえの名前をいうのがこわくなってきたから、ここに十回書くことにする。ウェニー。ウェニー。ウェニー。ウェニー。ウェニー。ウェニー。ウェニー。ウェニー。ウェニー。ウェニー。

40日目

ウェニーへ。

きょうの午後、ギャラガーがうちに来たから、うら庭でツバ飛ばし競争をやったんだ。ギャラガーは三メートル二〇センチ飛ばした。でも、ぼくが飛ばした距離は四メートル三二センチ。ラマと同じぐらい飛ばしたぞ。ママの道具箱からメジャーを持ってきて計ったんだ。

この競争にブルウィンクルが大興奮しちゃってさ。ママのメジャーをくわえて庭を走りまわったから、ギャラガーがタックルしてつかまえたんだ。ブルウィンクルも競争に参加したかったんだろうけど、あいつはツバを飛ばせない。よだれをたらすだけだ。

家の中に入ってコーラをのんでから、ぼくは新しい本、『脱出魔術師《だっしゅつまじゅつし》フーディーニ』をギャラガーに見せた。ギャラガーが降霊術《こうれいじゅつ》の章を開いた。フーディーニの死からちょうど一年後、奥さんがフーディーニの霊《れい》と話をしようとしたところを、ギャラガーが大声で読みあげた。そして、二人で六〇ページの写真を見た。みんなで丸テーブルをかこんで降霊術をやっている写真だ。

「ぼくのねえさんは、ともだちがうちに泊《と》まるたびに降霊術《こうれいじゅつ》をやってるよ」とギャラガーがいった。「死んだ有名人と話をしようとしてるんだ、たとえばエルビス・プレスリーとか」

「うまくいったことある?」

「ない」と、ギャラガーはいった。「たぶん、エルビスは大物だからぼくの家なんかには来ないんだよ」

41日目

ウェニーへ。

きょう、パパのふかふかいすに座って『脱出魔術師《だっしゅつまじゅつし》フーディーニ』の第三章を読んだ。フーディーニはものすごくかっこいい魔術をやってたんだぜ。その中のひとつに、かべを歩いて通りぬけるというのがあった。どうやってそれをやったか本に書いてあったけど、観客にはそのトリックがわからなかったんだ。死んだとき、ぼくもかべを通りぬけた。あれはトリックじゃなかった。でも、ぼくはあのとき体の外に出てたから、フーディーニの魔術とはちがうな。

となりの台所ではママが、ラジオを聞きながらモップがけをしていた。ラジオからカーティス・レイの曲が流れてきた。ぼくは本をおいてその曲を聴いた。おまえを寝かせるときにパパとママがよくうたっていた、あの曲だったよ。「キラキラおめめの女の子、わたしの心に飛んできて、そしてわたしをつれてって。キラキラおめめの女の子、世界でいちばんあなたのことを、愛しているのはこのわたし」

ぼくは台所の入口に行った。ママはモップをにぎりしめたまま、ぴくりとも動かなかった。まるで写真の中のママみたいだった。曲は続いた。「キラキラおめめの女の子、翼《つばさ》を広げて二人で飛ぼう……」パパが廊下を走ってきたかと思うと、ラジオのスイッチを切った。パチン。みんなそこにじーっと立っていた。公園にある三体の銅像みたいだった。心臓《しんぞう》の音が耳の奥でドックンドックン聞こえていた。パパはまた暗室にもどっていった。ママは流し台にモップを立てかけ、トイレに入って鍵《かぎ》をかけた。

ぼくは、だれもいない台所に入って、ラジオにさわってみた。まだ、歌のぬくもりが残っていた。

窓からさしこむ太陽の光が、床を照らしていた。ピカピカの床にぼくのすがたがうつっていた。ぼくが二人いるみたいだった。ぼくが死んでたときのことを思い出した。あのとき、ぼくは病室のすみにふわふわ浮かんで、もうひとりの自分を見下ろしていたんだ。

ふわふわ浮かんでいるときはいい気持ちだったな。下でぼくの治療《ちりょう》をしているお医者さんのことを、ニコニコしながら見てたよ。ぼくに電気ショックを与えるときは、すごく真剣にやってるみたいだった。みんなテキパキ動いてさ、まるでビデオのはやまわしみたいに。ぼくがあれだけ長いあいだニコニコしてたのって、生まれてはじめてだった。

そしていま、ぼくは下におりてきて、ぬれた床にうつった自分をながめてるんだ。このじゃまっけな松葉杖《まつばづえ》をついて、よろよろ歩かなきゃいけない。ふつうの腕が二本ある、片足にギプスをはめてる、いつもの体の中に入ってないといけない。

おまえはちがうよな、ウェニー。おまえは空の上にいるんだ。あの曲の中の「キラキラおめめの女の子」みたいに空を飛びまわってるんだ。ぼくはこっちにもどってきて、ほんとうによかったのかな、って思うよ。

41日目（つづき）

ウェニーへ。

パパとママにはおまえのことを忘れてほしくない。ぼくら二人がトラックにひかれておまえが死んじゃったことをすごく悲しんでるのは、そりゃあよくわかるよ。でも、ぼくがこの世にもどってきたことなんかどうでもいいって思ってるみたいなんだ。もし、ぼくのかわりにウェニーがもどってきてたら、パパとママが悲しい気分のとき、おまえはあの「ワニさんジャム」みたいな、勝手に作ったでたらめソングをうたって、パパとママをニッコリさせたんだろうな。そして、パパやママの態度が気にいらないときは、おまえはいつものようにだだをこねたんだろうな。大声でギャーギャーわめいて、足をドスンドスン鳴らして、おもちゃを投げつけたりして。おまえはパパとママの注意をひきつけるのがほんとうにじょうずだったよ。

それにひきかえこのぼくは、冗談《じょうだん》をいえば部屋に行けっていわれるし、特製クラッカーを作れば粉ざとうを床にこぼしてしまうし。きょう、ためしに、ゲロゲロソングをパパにうたってあげたんだ。ギャラガーが病院でぼくに教えてくれた、すっごくおかしい歌なんだけどさ。出だしはこんな感じ──「もうすぐゲロが出そうだよ。いまにもゲロが出そうだよ。ホットドッグを食べるとき、カエルを三匹食べたんだ。ゲーロゲローのゲーロゲロー!」

二番はもっとおかしいんだけど、パパは新聞をたたんで、顔の上にのせた。そして、「もういいよ、ウィル」って。

ぼくは、「聞いてよ、二番ではもっとへんなものを食べるんだよ」っていったんだ。「すごくおかしいんだから！」

パパは、「あとでな」といった。

ぼくは、くだらない新聞を顔にかぶせてるパパをそっとしといてあげた。もう、パパとママを元気づけるアイディアもたね切れだ。まったく、どうしようもないよ。

14

The Tunnel of Death

42日目

ウェニーへ。

きょう、また病院に行ったんだけど、三階に入院するためじゃないぜ。歩行用ギプスをつけてもらうためさ。つまり、もう松葉杖《まつばづえ》を使わなくてすむってわけ。ほんとうは防寒ブーツにしてほしかったんだけど、ぼくのはふつうの骨折じゃなくて複雑骨折だから、ファイバーグラスでできた歩行用ギプスになったんだ。

またあとで手紙を書くよ。いまはちょっといそがしいんでね！

44日目

ウェニーへ。

こんなことといったらいけないんだけど、実は、歩行用ギプスをつけてからこまったことになってるんだ。おまえがよくぼくのベッドの下にかくれて、部屋に入ってきたぼくの足をつかんだこと、おぼえてる？　それで、このごろ、なかなかベッドに近づけなくて。おまえがベッドの下からぼくの足をつかむんじゃないかって考えが頭からはなれないんだ。だから、部屋のすみにホッケーのスティックを立てかけている。こうしておけば、部屋に入ったとき、それでベッドカバーをめくって下を確認できるから。

夜、寝るまえにベッドの下をチェックするようになったんだ。たいしたことじゃない。でも、それがだんだんひどくなってきた。部屋にいるとき、なんどもなんどもチェックしてしまう。やめたいんだけど、やめられないんだ。やめようと思えば思うほど、ホッケーのスティックを持ってベッドカバーをめくりあげてしまうんだ。もしかしたら、ぼくの頭がおかしくなってるしるしかもしれない。チェックするのをやめられる薬がきっとあるはずなんだけど、ジェームズさんに聞くのがこわくてさ。三階行きになるのはいやだもの。

もちろん、もう一度ウェニーに会うためなら、ぼくはどんなことでもするつもりだよ。でも、もしおまえがぼくのところに来ようと思ってるんだったら、ひとつたのみがある――お願いだから、本当にお願いだから、ぜーったいに、ベッドの下にかくれてぼくの足をつかむのだけはやめてくれ。本気でいってるんだぞ。

45日目

ウェニーへ。

きょう、バーチ川の水のサンプルをとるため、野外授業でジャクソン公園に行った。ターウイリガー先生はサッドとギャラガーとぼくを同じグループにしたけど、これは大失敗だったね。バーチ川がちょうど地下に流れこんでいるところで、ぼくらはサンプルの水をびんにいれた。でも、死のトンネルのすぐ近くまで行ったもんだから、サッドが、トンネルに入ったことのないギャラガーをからかいはじめたんだ。まず「弱虫」と呼んで、つぎに「甘えん坊」と呼んだ。ギャラガーはトンネルを見ていた。そして、「入ってやる」といった。「その気になればな」

「その気になんかなるもんか、ブタのけつめ！」とサッドがいった。

「だまれ！」とギャラガーがいった。

サッドがギャラガーのえんぴつをとって、川に放り投げた。ぼくがギプスをした方の足でサッドのおしりをけとばすと、サッドはぬかるみの中に、顔から落ちた。道路にいたターウィリガー先生がこっちをむいたのは、その瞬間《しゅんかん》だった。「ウィリアム・ノースくん！」と先生が呼んだ。「こっちへいらっしゃい！」

教室にもどってから、なぜ人のおしりをけとばしたらいけないのか、プリント二枚に書かされた。幼稚園《ようちえん》のとき、先生に、「手は人をたたくためにあるんじゃありません。足は人をけとばすためにあるんじゃありません。歯は人にかみつくためにあるんじゃありません」といわれたことを思い出した。

サッドはしかられなかった。サッドのやったことをギャラガーが先生にいいつけなかったからだ。サッドはいつだってしかられずにすむんだから。

46日目

ウェニーへ。

きょうは一日じゅう、大雨がふってたから、ギャラガーがぼくんちに着いたときはずぶぬれになっていた。ぼくがココアを作ってやるよっていったら、ギャラガーはいらないといった。そして、廊下のカーペットにきたない足あとをつけながらぼくの部屋に入ってくると、ドアに鍵《かぎ》をかけた。

ぼくは、「どうして鍵をかけるんだよ?」ときいた。

ギャラガーがぬれた髪《かみ》の毛を手でなでた。「話したいことがあるんだ」といった。「ないしょの話」

ギャラガーがかばんからマンガをとりだした。どのマンガか表紙でわかった。病院で読んだ、オルフェウスの話がのってるやつだ。ギャラガーがそのマンガを開いて、オルフェウスのページを指さしていった。「これを読めよ」

「もういいよ」とぼくはいった。「こんなつまらない話なんか」

「つまらなくないよ!」

「つまらないよ。オルフェウスはばかだ。最後の最後でうしろを見なかったら、奥さんを助けることができたのに」

「そんなことないぞ」とギャラガーがいった。「怪物のゴルゴンを音楽でうっとりさせるなんて、かっこいいじゃないか。奥さんを死の国からつれてかえることはできなかったかもしれないけどさ」と、ギャラガーはいった。「でも、死のトンネルを通って地下世界に入っていったんだから、やっぱり、すごく勇気のあるやつだよ」

ぼくはきりふきでイゴールに水をかけた。トゥインキーがドレッサーの上に飛びのってのぞきこんだ。「話っていうのは、トンネルのことだろ?」

ギャラガーは返事をしなかった。オルフェウスの絵をじっと見つめていた。

ぼくはガラスケースのふたをしめた。「サッドなんか相手にするなよ」

「サッドは関係ないってば」とギャラガーがいった。顔を真っ赤にしてたので、ぼくはそれ以上のことはいわなかった。

「世界には、霊界《れいかい》とつながってる特別な場所があるっていうことを、本で読んだことがあるんだ」と、ギャラガーがいった。「呪われた家とか、古いトンネルとか、そういう場所さ。ジャクソン公園の死のトンネルも、そういった特別な場所だと思う。だからマーク・ジョンソンはあそこで幽霊《ゆうれい》を見たんだ」

「あれはマークの作り話さ」

「そうかな？　それなら、あいつの髪《かみ》の毛にある灰色の筋はなんだと思う？」

「あれは染めてるんだよ」

「どうしてわかるんだ？　マークは、トンネルの中で幽霊を見た日から髪の毛が灰色になったっていってるんだぜ！　きっと、メルズ・マーケットのうらにある、トンネル出口の近くまで行ったんだ」

「それで？」

「だから、ぼくもあのトンネルに入りたい」とギャラガーがいった。「自分の目であの中を見てみたいんだ」

「冬にあのトンネルに入るなんて、むちゃだよ。川の水かさがふえてるし」

「歩けるだけのスペースはあるよ」とギャラガーはいった。「両側がコンクリートでかわいてる。チェックしたんだ」

ぼくは窓の外を見た。空がへんな緑色をしていた。庭にある古い砂場に雨がたまっていた。

「幽霊に会えると思ってるのか？」とぼくはきいた。

ギャラガーがブルブルッとふるえた。「うん、もしあのトンネルが霊界とつながってたら、たぶん」

ぼくはベッドに腰をおろした。トゥインキーがぼくのひざに飛びのったので、やわらかいせなかをなでてやった。一年まえのぼくだったら、ギャラガーに、「気でもくるったのか」といっただろう。でもいまは、そうはいえなかった。なぜなら、トンネルがどういうものなのか、ぼくは知っているからだ。

ぼくが死んでるとき、最初に通りぬけたのは暗いトンネルだった。そのトンネルはあの世に通じていた。もし、ジャクソン公園のトンネルが、それと同じような特別な通路だったとしたら？　もし、あの中でほんとうに幽霊《ゆうれい》に会えるとしたら？

「幽霊に会いたいんなら、特別な場所なんかに行く必要はないよ」と、ぼくはいった。「だれかにものすごーく会いたかったら、きっとどこかで会えるはずなんだ」

ギャラガーがマンガをとじた。「ウェニーのことを考えてるのか？」といった。

ぼくはこたえなかった。窓のひびを見つめた。そこから雨もりがしていた。

47日目

ウェニーへ。

きょうもトンネルのことを考えて、やっぱりギャラガーといっしょにトンネルに入ることにしたよ。もしかしたらギャラガーのまちがいで、霊界《れいかい》とつながってる特別な場所じゃないかもしれない。あの世にはつながってないかもしれない。でも、もし、つながってたとしたら？　ぼくはおまえに会うためならどんなことでもする。そのためなら、あの暗くて長いトンネルの中にも入っていくよ。

今夜、ギャラガーに電話して、こんどの週末に死のトンネル探検に出かける計画を立てたんだ。そのとき、ウェニーの話もした。

「もしかしたらウェニーに会うかもしれないな」と、ギャラガーがいった。「もし、あのトンネルが霊界とつながってる場所だったら、ほんものの幽霊に会えるはずだ」

「ウェニーは幽霊じゃないよ」

「なら、なんなんだよ？」

「天使だ」

「わかった。じゃあ天使だ。オルフェウスみたいに、トンネルを通って霊《れい》に会いにいくんだ」

ぼくらは計画についていろいろ話し合った。ぼくは冬にあのトンネルの中に入ったことはなかった。この大雨で、バーチ川はかなり水かさが増しているだろう。

電話で話してるあいだじゅう、ギャラガーはずっとクチャクチャと音を立てていた。そして、パーン！　という大きな音が聞こえた。

「電話口でガムをかむのはやめろよ」とぼくはいった。「電話を切っちゃうぞ」

「ウェニーが去年の夏に見た、あの怪物犬のことを考えてたんだ」と、ギャラガーがいった。

「まだいたらどうしよう？」

ぼくはふるえた。「くさりを持っていこうかな」

「それがいい」とギャラガーがいった。「それで万事解決だ」

15

49日目

The Tunnel of Death

ウェニーへ。

きょうは土曜日で、ぼくはいま、クロゼットの中にかくれている。ぼくが外出禁止になったから、死のトンネル探検は、次の週末に延期しなくちゃいけなくなった。こうなったのはおまえのせいなんだ！

パパがきょうガレージのそうじをして、なくなってるものがあると気がついたのがきっかけだった。パパはぼくを呼んで、かべのフックを指さした。「釣《つ》りに行くときに使うライフジャケットを、あそこにかけていたんだがな」といった。「それがなくなってるぞ！」

「さがすのを手伝うよ」と、ぼくはいった。

ぼくらはガレージの中をさがした。つぎに、うら庭に行って物置小屋をさがした。

「なにに使ったんだ？」とパパがきいた。

「使ってないよ」とぼくはこたえた。うそじゃない。あれを使ったのはウェニーなんだ。しかも二回も。ツリーハウスの上で、パパのライフジャケットにロープをつけて、木の枝につるしたこと、おぼえてるだろ？　おまえはそのライフジャケットを着て、せなかを押してくれってぼくにたのんだ。ぼくは、ゆらゆらと宙を飛んでるおまえをながめてたっけ。おまえは腕をいっぱいに広げて、指をもぞもぞ動かしながら、ティビットさんちのフェンスの上でぶら一んとぶら下がっていたよな。あんまりよく動くもんだから、とうとうロープがはずれて、ティビットさんちのバラ園におっこっちゃった。

それから、ロープの一方をあのライフジャケットにむすんで、反対側をブルウィンクルの首輪につないだこともあったよな？　そして、「走れー！」って叫んで、ローラースケートをはいたおまえを引っぱらせたんだ。ぼくはやめろっていったのに。ブルウィンクルはこのあそびが好きじゃないって。そのままサッドの家まで行こうなんて思わなかったら、ころんでひざをすりむくこともなかったのに。

あの日、おまえはスケートから帰って、ブルウィンクルの犬小屋にライフジャケットをつっこんだんだろ。パパはあそこでライフジャケットを見つけたからな。それで、どうなってたと思う？　パパがライフジャケットを引っぱりだしてみると、かまれてグチャグチャになって、ひどいにおいだった。わきのところが大きく破けてたよ。パパは真っ赤な顔をしてぼくをにらみつけた。

「おまえはパパのものをこんなふうにしてしまうわけだな!?」そういいながら、パパがライフジャケットをふりまわした。犬の毛がパラパラと飛びちった。「こんないい加減なことをするなんて！　なにかいうことはないのか？」

「ぼくがやったんじゃないよ」

「そうか、ブルウィンクルがガレージから持ちだして、犬小屋にかくしたというわけか？」

「ちがうってば！　ウェニーがやったんだよ！　ウェニーはいつも人のものをとってしまうんだ！　人のものをこわして知らん顔してるんだ！　そして、しかられるのはいつもぼくなんだ！」

「だまれ、ウィル！」

「だまるもんか！　うそじゃないよ！　悪いのはウェニーなんだ！　あいつは人のことなんて

なにも考えないんだ！」

パパが手をふりあげた。なぐられると思ったけど、パパはなぐらなかった。ブツブツいいながらライフジャケットをガレージに放り投げた。そしてぼくに、きょう一日、部屋から外に出るなといった。

だからいま、ぼくはこうしてるんだ。また部屋にとじこめられてる。おまえのせいで、いまだにひどいめにあってる。おまえはもう死んじゃったっていうのに！　なんて不公平なんだ！　おまえも天国で部屋にとじこもってろよ。これから一週間、おいしいものを食べたり、天使とあそんだりしたらだめだぞ！　雲の上でひとりぼっちになってればいいんだ。ねむくなるまでワーワー泣いてればいいんだ。

16

The Tunnel of Death

51日目

ウェニーへ。

知り合いになったら、ジェームズさんもそんなに悪い人じゃないよ。たとえば、きょうのことだ。ちゃんとやってるかいってジェームズさんがきくから、ぼくは「ひどいもんだよ」ってこたえた。

ジェームズさんは両手を合わせ、身を乗りだしていった。「どうして？」

「パパとけんかしたんだ」といったとき、ぼくの胸の上になにかがのしかかってるような気がした。シャツのポケットにレンガが入ってるみたいな感じだった。

「なにがあったんだい？」とジェームズさんがいった。だから、ぼくはライフジャケットの話をした。ウェニーにすごくはらが立って、パパなんて大きらいだっていった。

ジェームズさんは驚きもしなかった。うんうんとうなずいて、ぼくがウェニーにはらを立てるのもむりはないといった。パパにはらを立てるのもとうぜんだ、ともいったんだぜ！　おとながこんなことをいうなんて、信じられる？

ジェームズさんはライフジャケットの話をもっとききたがったけど、そのとき、ぼくはあまりしゃべりたくない気分だった。ぼくは色えんぴつを一本とって、歩行用ギプスにいたずらがきをした。はらを立ててもいいんだということを、自分にいいきかせようとしてたんだ。

ジェームズさんはすぐにべつの紙と、ダフィー・ダックのカップに入った残りの色えんぴつを、ぼくのまえにさしだした。静かに座って、ぼくが絵をかくのをしばらくながめていた。まず、ぼくは鬼の絵をかいた。ちょっとパパに似てて、顔が緑色のやつ。長くてするどい牙《きば》から、血がポタポタこぼれおちてるところだ。その絵ができると、次の絵をかいた。パパのライフジャケットを着て、ツリーハウスでぶらぶらゆれてるウェニーの絵。

ジェームズさんはぼくがかく絵をじーっとながめていた。そして大きくうなずいた。ぼくに、なぜ鬼の牙に血がついてるの、ときいた。

ぼくは、「歯をみがかなかったからだよ」とこたえた。

次に、ジェームズさんはウェニーの絵を手にとった。「ライフジャケットを木につるすというのは、だれのアイディアなんだい？」といった。

ぼくは、ウェニーのアイディアだとこたえた。ジェームズさんはしばらく窓の外を見ていた。「ウェニーはいつも空を飛びたがってたんだ」といった。ジェームズさんは、「わたしも空を飛んでみたいよ」といった。一度、グライダーで空を飛んだことがあって、すごく気にいったんだって。ジェームズさんは、ウェニーのことをもっと知りたかったなっていってた。おまえがすごく勇《ゆう》敢《かん》な女の子だから。

ぼくは、死んでるときにものすごいスピードで空を飛んだんだよって、もうすこしのところでジェームズさんにいいそうになったよ。メガネの奥にあるジェームズさんの目は緑色をしていた。机の上の色えんぴつをいじったりなんかしないで、ぼくをまっすぐ見つめていたけど、ぼくはその話をするのがこわかった。ジェームズさんは、たぶん死んだことがないだろうから、ああやって空を飛ぶ気持ちなんかわからないだろうと思ったんだ。

もし、ぼくが死んだときのことをぜんぶ話したら――ウェニーのうしろで空をビューンって飛んだこと、待合室でのパパとママのいやなことなんかを話したら、ジェームズさんはこまってしまって、小児《しょうに》病院の精神科にぼくを入院させるかもしれない。だからぼくはそんな話はしないで、空を飛びたがっていたのはウェニーだけだって、ジェームズさんに思わせておいたんだ。

「この絵をもらってもいいかい？」とジェームズさんがきいた。

「いいよ」

「大事にするよ」と、ジェームズさんはいった。

ぼくらは待合室にいるママのところに行った。ぼくはママに学校まで送ってもらって、ギャラガーといっしょに給食を食べた。スラッピー・ジョー（ミートソースに似た、こどもに人気のある料理）が出たけど、感謝祭の七面鳥を食べたあとでブルウィンクルがするうんちみたいだったから、ぼくはポテトフライばっかり食べてた。ぼくがかいた絵をジェームズさんがほしいっていったことは、いやじゃなかった。あんなの、大傑作でもなんでもないからね。

17

The Tunnel of Death

52日目

ウェニーへ。

ぼくがこの世にもどってきておまえがもどってこなかった、ということを、ちょっと考えてたんだ。ぼくがもどってきた理由は、空を飛ぶのが楽しくなかったとか、そんなんじゃない。空を飛びながらいろんなことをやるのはすっごく楽しくて、遊園地の乗り物なんかよりずーっとよかったよ。列にならばなくてもいいし、タバコをくわえたおじさんにシートベルトをしてもらう必要もないしね。

ほんとうのことをいうと、もしあのとき、パパとママのことを考えなかったら、ぼくはぜったいにもどったりしなかった。ちっちゃいこどもは自分が楽しむことしか考えないけど、大きいこどもになると、ほかの人のことだってちゃんと考えるものなんだ。

ウェニーは楽しいことしか考えてなかっただろ。ごはんの時間になっても、寝る時間になっても、おまえはぜんぜん気にしなかった。ずーっとあそんでたよな。

晩ごはんの時間になると、ぼくはいつもママにいわれて、おまえをサリーの家に迎《むか》えにいった。それがすごくいやだったんだ。おまえがなかなか帰りたがらないからさ。もっとあそぶといって雲梯《うんてい》から手を放さなかったせいで、ぼくがひっくりかえって肩をすりむいたときのこと、おぼえてるか?

それほどあそぶのが好きなウェニーだから、ぼくといっしょにこっちにもどってこないで、ずっと天国に残ったんだろうなって、いまはそんな気がしてるんだ。楽しくて楽しくてしかたがなかったんだろう。いつまでもそこであそんでいたかったんだよな。

53日目

ウェニーへ。

外では雨がはげしくふっている。まるで、あしたにそなえて空の大そうじをしてるみたいだ。いま、ぼくは自分の部屋でミルクをのみながら、クラッカーを食べてる。手紙にクラッカーのくずが落ちてたら、手で払ってくれ。

これまでずーっと考えていたことを、そろそろ話しておこう。光の中でずっと空を飛んでいたウェニーのことを、ぼくは、ずいぶん自分勝手なやつだと思っている。おまえはぼくのことや、パパとママのことをちっとも考えなかった。かわいい娘がいなくなったら、パパとママがこの地上でどれだけさびしがるか、おまえは考えなかったんだ。ぼくは、パパとママが元気になるよう、せいいっぱいの努力をしてるけど、なかなかうまくいかない。ホイップクリームをのせたクラッカーを作ったら、おなかがすいてないっていわれた。ごはんのときに冗談《じょうだん》をいったら、部屋に行ってろっていわれた。パパにゲロゲロソングをうたってあげたら、二番は聞きたくないっていわれた。お手伝いをしたり、あとかたづけをしても、パパとママは、「よくできたね」とも、「ありがとう、ウィル」ともいってくれない。二人がいてほしいのはウェニー、おまえなんだよ。ぼくなんか透明《とうめい》人間になった方がいいんだ。

18

The Tunnel of Death

54日目

ウェニーへ。

トンネル探検の計画を立てるため、ギャラガーがうちに来た。台所でストリングチーズをちょっとつまみぐいしたあと、インターネットに接続するため、パパの書斎《しょさい》に行った。

「ずっと考えてたんだ」と、ギャラガーがいった。

「考えるのはいいことだよ」

「問題は、あのトンネルでウェニーに会いたければ、ぼくらがいつあそこに行くかをウェニーに知らせないといけないってことだ」

「どうやって知らせるんだよ？」

ギャラガーがパパのいすに座ってグルグルまわった。「降霊術《こうれいじゅつ》さ。降霊術をやってぼくらの計画を教えるんだ。うちのねえさんはいつもやってる。エルビスと連絡をとろうとして」

ぼくはコンピューターのスイッチをいれた。「その話はまえにも聞いたよ」

「降霊術のホームページをさがしてみようぜ」と、ギャラガーがいった。

「怪物犬のことが書いてあるホームページを見つけたから、見せてやろうと思ってたのに」

「ああ、わかったよ。じゃあ、まずそれを見てみよう」

インターネットで見つけた、ギリシャ神話のかっこいいホームページをギャラガーに見せた。トンネルを通って地下世界に旅したオルフェウスの話が、もうちょっとくわしく書いてあった。それから、頭が三つある怪物犬、ケルベロスのページを開いた。ウェニーが去年、トンネルの中で怪物犬を見たっていったから、怪物犬のことをできるだけたくさん知ってなきゃいけないと思ったんだ。

ケルベロスについては、あのマンガでわかってることもあった。その一、ケルベロスのせなかにはヘビが乗ってて、ドラゴンみたいなしっぽをしてて、肉を食べる。その二、地下の世界に入ろうとする者を、だれかれかまわず攻撃《こうげき》する。

ケルベロスの攻撃をよけて地下の世界に入ることができたのはオルフェウスだけだと思ってたんだけど、そのホームページには、ねむり薬の入ったはちみつケーキでケルベロスをだました男の話も書いてあった。そのケーキをムシャムシャ食べたケルベロスは、たちまちグッスリねむりこんで、男はケルベロスの横をこっそり通りぬけていったんだ。

一時間ぐらいそのホームページを見て、ケルベロスのページをプリント・アウトした。それから、降霊術《こうれいじゅつ》のホームページも見つけたので、それもプリントした。ぼくはコンピューターのスイッチを切りながら、こういった。「降霊術がうまくいってウェニーが出てきたら、死のトンネルまで会いにいかなくてもいいな」

ギャラガーがくちびるをなめて、「それでも、ぼくは行くぞ」といった。「行かなきゃならないんだ」それをきいて、ぼくもぜったいに行こうと思った。

ギャラガーは何時間もまえに帰った。いまはもう夜中だ。計画はしっかり立てた。あしたの夜は大仕事があるから、ちゃんと準備をしなきゃ。

19

The Tunnel of Death

55日目

ウェニーへ。

ジュリーのこと、おぼえてる？　いまでもベビーシッターをやりに、うちに来てるんだ。ぼくはもう11歳で、自分のことは自分でできるのに。まえは髪《かみ》の毛が長かったけど、いまはすごく短くて、オレンジ色に染めてるんだ。それから、鼻に輪っかをつけてる。ジュリーのいいところは、テレビを見ながら必ず寝ちゃうところ。悪いところは、料理が世界一へたくそなところだ。

やることはたくさんあったんだけど、ジュリーに疑われないよう、ふつうのお泊《と》まりのふりをしなきゃいけなかったよ。夕方、ギャラガーがぼくのTシャツを吸いこもうと、そうじ機を持ってぼくを追いかけまわした。ぼくがギャラガーの頭にボディソープをぶっかけて逆襲《ぎゃくしゅう》しようとしてたら、ジュリーがそうじ機のコンセントを抜いて、ぼくらはジュリー特製のマカロニチーズを食べさせられた。

晩ごはんがすむと、ジュリーはママの部屋に行ってともだちに電話をかけた。じゃま者のジュリーがいなくなったので、ぼくらはすぐにドッグフードの準備にとりかかった。ギリシャ神話のホームページに、ねむり薬いりのケーキをケルベロスに食べさせた男の話が書いてあったから、ぼくらも同じようなものを作って、トンネルの怪物犬に食べさせようと思ったんだ。うちにはケーキもねむり薬もなかったから、ドッグフードと戸だなの中のハーブティーを使った。

ギャラガーがドッグフードのカンを開けた。ぼくは、「スイート・スリープ」と書かれたハーブティーの箱を開けた。「ティーバッグはなんこいれたらいいかな?」

ギャラガーは、「さあね」といった。「六こぐらいかな?」

ブルウィンクルが台所に入ってきて、またごはんがもらえるんだと思って、大よろこびした。ぼくの足にすりよって、ギプスによだれをたらした。

ぼくはブルウィンクルに、「おちつけよ!」といった。ティーバッグを開けて、緑の粉をシリアル用のお皿に出した。次にギャラガーが、その粉をスプーンですくって、ドッグフードにまぜた。

ブルウィンクルは台所の真ん中で、うれしそうにダンスを踊《おど》っていた。ぼくが、「おまえのじゃないんだぞ」といっても、ブルウィンクルはぜんぜん信じてなかったよ。

ギャラガーがドッグフードに粉を混ぜてるあいだ、ぼくはハーブティーの箱に書いてあった説明を読みあげた——「スイート・スリープには効果の強い天然ハーブが入っているので、ぐっすりとねむることができます」

「それなら、怪物犬にもきくな」と、ギャラガーがいった。

ブルウィンクルがクンクン鳴きだしたので、犬のビスケットを口の中に放りこんでやった。ブルウィンクルはうれしそうにしっぽをふって、たった三口でそれをのみこんだ。

ぼくらは部屋にもどると、地図をかいた。ウェニー、おまえのためだぞ。おまえと会うのはトンネルの五つめのカーブだから、そんなものは必要ないと思うけど、知らない場所に行くときは、地図が役に立つこともあるからな。

九時半になったので、ぼくらはこっそり廊下に出て、リビングにいるジュリーのようすをチェックした。ジュリーがむかしとぜんぜんかわってなかったので、うれしくなったよ。いつものように、ジュリーはテレビのまえでねむってた。大きないびきをかいてたんで、鼻の輪っかがパタパタ動いていた。

「はじめようぜ」と、ギャラガーが小さな声でいった。ぼくは台所に行った。台所から部屋にもどってくると、ギャラガーが窓を開けていた。風が吹きこんでカーテンがバタバタとゆれていた。

「窓をしめろよ」と、ぼくはいった。

「ウェニーが入ってくる場所が必要だよ」とギャラガーがいった。

ぼくはテーブルの上にテーブルクロスを敷《し》いた。「必要ないって。天使には、ドアも窓もかべも関係ないんだ」

「どうしておまえがそんなこと知ってるんだ？」ロウソクをロウソク立てにつっこみながら、ギャラガーがいった。ロウソクのかけらがマットの上にこぼれた。

「知ってるから知ってるんだよ」

「だから、どうして？」

ぼくが死んだとき、病院のかべを通りぬけたんだとは、いいたくなかった。死んだときのことは、まだギャラガーにもいってなかったんだ。「じゃあ、窓を開けとけよ」と、ぼくはいった。クッキーをいれたお皿をテーブルの真ん中に置いて、二人で味見をした。こりゃうまい。

ギャラガーがロウソクに火をつけて、電気を消した。ぼくらはテーブルをはさんで、むかいあわせに座った。風に吹かれてロウソクの炎がゆれ、カエデの枝が家のかべにぶつかっていた。

「気味が悪いな」とギャラガーがいった。その顔を見て、こわがっているのがわかった。ギャラガーは、霊《れい》を呼びだすのは恐ろしいと考えてるみたいだけど、ぼくはワクワクしていた。もう一度、あのまぶしい光が見たかった。あのあたたかい、いい気分を味わいたかった。

ギャラガーが手をさしだした。「手をつなごう」

「つながなくていいよ」

「つなぐんだよ」とギャラガーがいった。「こうすることで、超能力パワーが出てくるんだ」

ぼくは彼の手をにぎった。ぷくぷくしてて、あったかくて、まるで粘土《ねんど》のかたまりをにぎってるみたいだった。ギャラガーが目をとじた。「ウェニー」と、うなるようにいった。「聞こえたら、テーブルを三回たたくんだ」

「ウェニーはそんなことしないよ」と、ぼくはいった。

ギャラガーがぼくの手を放した。「どうして?」

「あいつは、いわれたとおりのことはぜったいにやらないんだ。もしかしたら、おまえのあごをけっとばしたり、そんなことをやりそうだな」

「なら、ウェニーにどんなふうに呼びかけたらいいんだよ?」

「さあね。あいつは、呼んだだけで来たためしがないからな」

「フーディーニの本には、名前を呼ぶと書いてあったぞ」

「ウェニーの場合、名前を呼んだだけじゃだめなんだ」

ギャラガーがもう一枚クッキーを食べた。ぼくも食べた。

「いい考えがある」といって、ぼくはたなからスーパービーマンとドクターデスを持ってきて、テーブルの上に置いた。ロウソクの炎に照らされた戦士はかっこよかった。スーパービーマンの、飛びでた黒い目がとくにかっこいい。

「これでいい」とぼくはいった。「クッキーとこの戦士があれば、ウェニーもきっと来るよ。あいつはぼくのおもちゃであそぶのが好きだったから」

ぼくらは手をつないだ。「ウェニー」と、またギャラガーがうなるようにいった。「霊界《れいかい》から出てくるんだ」

「天国からおりてくるんだ、っていわなきゃ」

「しずかにしろよ」とギャラガーがいった。「メッセージを送ってるんだから」

「ウェニー」と、ぼくはいった。「クッキーがあるぞ。はやく来ないと、ぼくがぜんぶ食べちゃうぞ」

聞こえるのは風の音だけで、悲しい歌をうたってるみたいだった。

「スーパービーマンであそんだらだめだぞ」とぼくはいった。「これはぼくのだからな。おまえは女の子なんだからな」

ロウソクの炎が踊《おど》るようにゆらめいていた。

「ここに、死のトンネルの地図がある」と、ギャラガーがいった。「あした、ぼくらが会う場所が、これにかいてある。近くに来て、これを見るんだ、そして――」

「ウェニーはいわれたとおりのことはやらないっていったろ」

「しずかに」と、ギャラガーがいった。「なにかを感じるぞ」

部屋の中では風がうなりをあげていた。突然、ロウソクの火が消えて真っ暗になった。

「やめろ！」と、ギャラガーが大声を出した。「ぼくにさわるな！」

テーブルのむこう側で大きな音がした。暗くて、ぼくにはギャラガーのすがたが見えなかった。なにが起きてるのかまったくわからなかった。「どうしたんだ?」とぼくはいった。「なにがあったんだ?」

「ぼくに近づくな！」ギャラガーが叫んだ。「あっちにいけ！」

ギャラガーを助けようとぼくが手をのばすと、テーブルがひっくりかえって床の上に倒れた。

そのとき、ゴチンというへんな音が聞こえた。

「助けて！」ギャラガーが悲鳴をあげた。

ぼくは心臓《しんぞう》がドッキンドッキンした。「すがたを見せろ」といった。「出てこい、ウェニー」

そして、パチン——電気がついた。

「あんたたち、いったいなにやってんの？」と、ジュリーが大きな声でいった。オレンジ色の髪《かみ》の毛はボサボサで、ねむそうな目をしていた。

ブルウィンクルがうれしそうに部屋の中をかけまわっていた。ジュリーが、マットの上に転がってるロウソクを手にとった。「火事になったらどうすんのよ！」といった。「なにをやってたの？」

「ふざけてただけだよ」と、ぼくはいった。

ジュリーは、「もう、いいかげんにしてね！」といって、割れたお皿をひろった。「接着剤はある？」

「台所にある」とぼくはこたえた。「三番目の引きだしだよ」

「ここをかたづけるのよ」といって、ジュリーはさっさと部屋を出ていった。

ギャラガーは出目金みたいに目をまん丸にしていた。「ぼくにさわったぞ」といった。ベッドの上に座って、ズボンについたクモの巣を払いおとすみたいに、ズボンを手でさすった。

「ジュリーが？」

「ちがうよ、ばか、ウェニーだよ」

「どこを？」

「ひざだ」といって、ギャラガーはふるえる手をズボンのポケットにつっこんだ。「テーブルの下にいたんだ」

ぼくもベッドに座った。「ウェニーはいつもぼくの部屋に忍びこんで、ベッドの下にかくれてたんだ。そして、ぼくがベッドの横を通ると、手をのばして足をつかんだ」

「なぜそんなことを？」

「ぼくをびっくりさせるためさ」

ブルウィンクルは、床に落ちたテーブルクロスの上に寝っころがっていた。舌を出して、マットの上によだれをたらしていた。

ぼくはテーブルを起こした。本だなの横にスーパービーマンとドクターデスがあった。

「あれれ」と、ぼくはいった。「ジュリーはクッキーを持っていった？」

「いや、お皿だけだよ」

ぼくは部屋をさがした。ギャラガーもさがした。クッキーはどこにもなかった。

「ウェニーだ」と、ギャラガーが小さな声でいった。

「やっぱり。ウェニーはあのクッキーが好きだったんだ」

「でも、ウェニーを呼んだのは地図を見せるためだったのに」

ぼくは部屋のすみずみまでさがした。地図もなくなっていた。ブルウィンクルをどかしてテーブルクロスの下を見た。そこにもなかった。

「ベッドの下をさがしてみろよ」とギャラガーがいった。

「おまえがさがせよ」と、ぼくはいった。「ギプスをしてるから、入りにくいんだ」

ギャラガーがベッドの下にもぐって、地図を持って出てきた。

「ウェニーはこれを見たかな？」

「あしたになればわかるよ」と、ぼくはこたえた。

追伸

降霊術《こうれいじゅつ》をやってから二時間たった。ギャラガーは寝ぶくろの中でいびきをかいてるから、ベッドの中で、懐中電灯《かいちゅうでんとう》の光でこれを書いてるんだ。

十時半ごろ、ブルウィンクルが廊下でクッキーを吐《は》いた。だから、たぶん、ウェニーが食べたんじゃないんだな。ブルウィンクルはもう犬小屋にもどってる。ジュリーは、ブルウィンクルが吐いたクッキーをそうじしなくちゃいけなくて、かんかんに怒ってた。ペーパータオルと洗剤とゴム手ぶくろがある場所を、ぼくが教えてあげた。

たしかに、おまえはクッキーを食べなかった。でもそれは、おまえが来なかったという証拠にはならない。あの地図を見てくれたかな。7歳の子には、地図はちょっと難しいかもしれないから、あした、もし会う場所がわからなかったら、どっちにいけばいいか、おねえさん天使に教えてもらうんだぞ。

20

The Tunnel of Death

56日目

ウェニーへ。

冬になると、バーチ川は水量がかなり多くなる。ジャクソン公園にある橋の下をうねりながら流れて、鉄のはしごのすぐ下まで水があがってくるんだ。トンネルの中をのぞいてみた。川の両側にあるかわいたコンクリートの幅《はば》は一メートルもなかった。こどもが歩くにしても、そんなに広くないスペースだ。いざというとき、走って逃げられるような広さじゃないよ。

ぼくのうしろではギャラガーが、リュックの中身を地面の上にひろげていた。テープレコーダー、ドッグフード、くさり、そして地図。そういったものを、ショーウィンドウにならべるみたいにきちんとならべた。懐中電灯《かいちゅうでんとう》をなんどもつけたり消したりした。

「電池は新しい？」と、ギャラガーがきいた。

「知らない」

「予備の電池がいると思う？」

「それでだいじょうぶだよ」

ブルウィンクルがあたりを走りまわって、ドッグフードのにおいをクンクンかいだ。赤いプラスチック容器に入ったおいしいビーフのにおいがわかって、よだれをたらした。

「あっちに行ってろ」と、ギャラガーがいった。

ぼくはブルウィンクルの頭をなでた。

ブルウィンクルのふさふさのせなかを、ギャラガーが懐中電灯で照らした。「こいつはつれてこない方がよかったな」といった。ブルウィンクルがしっぽをふって、テープレコーダーをふんだ。

「どけってば！」ギャラガーが叫んで、ブルウィンクルのおしりを押しのけた。ブルウィンクルはくるっとふりかえって、ギャラガーのほっぺたをなめた。ぼくはテープレコーダーを手にとって、スイッチをいれた。子守歌が流れてきた。女の歌手がギターを弾《ひ》きながら、「ねむれ、よい子よ、ねむりなさい」とうたった。

「おまえの選んだ曲でうまくいくといいんだけどな」と、ギャラガーがいった。

ぼくはテープをまきもどして、スイッチを切った。「オルフェウスほど、じょうずじゃないな」といった。「でも、心が落ち着く歌だって書いてあったんだ」

「赤ちゃんはそうかもしれないけど」と、ギャラガーがいった。

「この曲が怪物犬にきかなかったら、スイート・スリープいりのドッグフードを食べさせたらいいさ」

「それか、これを使うんだ」といって、ギャラガーがくさりをふりまわした。ひいらぎの茂《しげ》みにくさりがぶつかり、バサッ！　という大きな音を立てた。枯れた枝が川に落ちた。

「あれをひろってこい！」ぼくが声をかけた。ブルウィンクルはしっぽをふりながら、トンネルの中へと流れていく枝をながめていた。

ギャラガーがリュックにくさりをしまった。「ほんと、ばかな犬だな」

「うん」と、ぼくもいった。ギャラガーがくさりをいれた横に、ぼくがドッグフードを押しこんだ。

ギャラガーがリュックをしょって歩きはじめた。左を見て、右を見た。「サッドも誘えばよかったな」といった。

「サッドは関係ないだろ」とぼくはいった。「おまえとぼくの探検だぞ」

「もちろん」といって、ギャラガーがスニーカーで地面をけった。「でも、だれかが外で待ってないと、ぼくらが死のトンネルに入ったこと、信じてもらえないんじゃないか？」

「おい、ギャラガー！」と、ぼくはいった。「ぼくがトンネルの中に入るのは、なにかを証明するためじゃないんだぞ」

ギャラガーがツバを吐《は》き、口をぬぐった。「そんなこといってないじゃないか」

ギャラガーの手がふるえているのがわかった。呼吸がすごくはやくなっていた。

「もしやる気があるなら」と、ぼくはいった。「五番目のカーブのところまで行かないとだめなんだ。とちゅうで逃げないと約束してくれ」

「だれも、逃げるなんていってないだろ」

「真剣にやろうぜっていってるんだよ。きのうの夜、ウェニーに会いにいくって約束したんだからな。もしぼくらが行かなかったら――」

「わかったよ、ウィル！」小さい子が横断歩道をわたるとき、交通整理の人が車を止めるみたいにして、ギャラガーが手をまえにさしだした。「そんなにぼくをどなるなよ。二人で協力しなきゃいけないんだから」

　ギャラガーがテープレコーダーを持った。ぼくは懐中電灯《かいちゅうでんとう》を持った。二人でトンネルの中に入っていった。はじめのうちは懐中電灯は必要なかった。灰色がかった日光が、入口からたっぷりとさしこんでいたからだ。トンネルの奥に進むにしたがって、その灰色の光は、白っぽい灰色から黒っぽい灰色へとかわっていった。

　ブルウィンクルがぼくのうしろでハァハァいっていた。あたたかい息がぼくの手にかかるのがわかった。それを感じるのがうれしかった。コンクリートの地面が川の方にかたむいているので、ギプスをした足では歩きにくかった。バランスをとるため、体を反対側にかたむけた。まえを歩いているギャラガーを見ると、同じように、体をかべの方にかたむけていた。ぼくが死んだときに通ったトンネルのかべは、コンクリートじゃなかった。そのかべはなにか柔《やわ》らかいものでできていて、もし、あのかべを手で押したら、ちょっとへこんだんじゃないかと思う。

　最初のカーブを曲がったとき、懐中電灯をつけた。バーチ川がひみつの地下にもぐっていくと、冷たい空気がもっと冷たくなった。左側で聞こえる川の流れる音も大きくなった。まるで、川がかべにむかって叫び、かべが川にむかって叫びかえしているみたいだった。

　まえの方は天井《てんじょう》が低くなっていた。三メートル以上あった高さが、二メートルぐらいになっていた。楽に立ってはいられるけれど、せまくるしい感じがした。

二番目のカーブを曲がった。ぼくは川の流れを懐中電灯で照らした。暗い水の表面で光が反射した。去年の夏、怪物犬がひそんでいた場所のすぐ近くまで来ていた。ギャラガーが立ち止まって、まえの方にある、床の上の物体を指さした。ぼくの体がこおりついた。怪物犬じゃないことを祈った。

その物体に、懐中電灯の光をあてた。それは大きな茶色の紙ぶくろで、横に「メルズ・マーケット」と印刷されていた。ふくろの底にある破れ目から、かじったあとのある骨が飛びだしていた。血のついたその骨のまわりにハエがたかっていた。ふくろのとなりには、茶色のビールびんが一本と、空きカンが二こ、転がっていた。

ふくろから悪臭がただよっていた。ギャラガーはぼくの目のまえに手をさしだし、口のまえで指を立てて、「しずかに」というかっこうをした。

ブルウィンクルがぼくのおしりを頭でついた。あの骨つき肉をほしがっていた。ぼくはブルウィンクルを押さえて、ふくろをずっと光で照らしていた。

そのとき、ふくろが動きはじめた！

はじめは、ぼくが光を動かしたのかと思ったけど、懐中電灯はしっかりにぎったままだ。すると、またふくろが動いた。

胸の奥で心臓《しんぞう》がドキドキした。あんなふうに、ひとりでに動くふくろなんて見たことない。

「幽霊《ゆうれい》だ」と、ギャラガーが小声でいった。ぼくはおしっこをもらさないよう、またを手で押さえた。

ギャラガーの体がふらふらよろけていた。かべに手をついて、いまにも倒れてしまいそうだった。

ブルウィンクルがうなり声をあげた。ぼくは「シーッ!」といった。だれかがふくろを動かしているのに、黄色い光で照らしても、そのすがたは見えなかった。吐《は》く息も見えないし、動く音もきこえなかった。ただ、ふくろが動くだけだった。

ふくろがちょっとこっちに近づいた。ぼくはゲロを吐きそうだったけど、それをのみこんだ。突然、ブルウィンクルがワンとほえてまえに出ていった。川のすぐ横を走ってふくろに飛びかかった。

「それに近づくな、このばか犬!」

ふくろの中から大きなネズミが飛びだした。灰色で、体じゅうに泥《どろ》がついていた。懐中電灯《かいちゅうでんとう》に照らされ、その目がピンク色に光った。うしろに下がって、黄色い歯をむきだした。

ブルウィンクルがうなった。せなかの毛が逆立っていた。ブルウィンクルはふくろを飛びこえ、大声でほえながら、ネズミを追いかけてトンネルの奥に走っていった。「ワン！　ワン！ワン！」という声がトンネルじゅうに響いた。ネズミは、キーッと鳴いて川に飛びこみ、次のカーブのところですがたを消した。

「すげえ！」とギャラガーがいった。

「まいったな！」とぼくはいった。

ブルウィンクルがふくろのところにもどってきた。すっごくうれしそうだ。ふくろを破って骨をなめた。そして、しっぽをふりながらふくろをふみつけた。

ぼくは「このばか犬め！」というと、ギャラガーといっしょにブルウィンクルのところにいき、抱きしめてやった。

ギャラガーがブルウィンクルの耳のうしろをなでた。「怪物を退治したな」とギャラガーがいった。

「ただのネズミじゃないか」

「でっかいネズミだったぞ」

「トゥインキーぐらいの大きさだったな」といって、ぼくはゾッとした。

「ブルウィンクルは世界一勇敢《ゆうかん》な犬だ！」とギャラガーがいった。

「もちろんさ」

また勇気を出してトンネルを進むまで、ちょっと時間がかかった。あの巨大ネズミを見たあとでは、もうカーブを曲がりたくなかった。それでもやっぱり、五番目のカーブまでは行きたかった。どうしてもおまえに会いたかったんだよ、ウェニー。

きずな

The Long Way Home

21

The Long Way Home

56日目（つづき）

かべについてる緑色のぬるぬるから、すっぱいにおいがしてるのに気がついた。ぼくはブルウィンクルをうしろにしたがえて、川に近づかないよう、ゆっくり、注意深く進んだ。あの川のどこかで巨大ネズミが泳いでいるんだ。

四番目のカーブを通りすぎたところで、ギャラガーが立ち止まった。「マーク・ジョンソンも、このへんまで入ってきたんだ」といった。

「それがどうした？」

「あいつが幽霊《ゆうれい》を見たのはこのへんなんだよ」

ブルウィンクルがぼくのうしろでクンクンと鼻を鳴らした。まえに進みたがっていた。「ぼくらには懐中電灯《かいちゅうでんとう》がある」

「それに、くさりもな」と、ギャラガーがふるえ声でいった。ギャラガーはゆっくりと歩きつづけた。そして、そうしていればなにかがわかるとでもいうように、ずっとかべをさわっていた。

ぼくらの横ではバーチ川が、暗く、冷たく流れていた。水面に懐中電灯をむけたけど、どのぐらいの深さがあるのか、まったくわからなかった。ぼくらはトンネルのかなり奥まで来ていた。懐中電灯を天井《てんじょう》にむけた。うちの地下室の天井みたいに低く見えた。押しつぶされそうな気がした。いやな気分だった。

「光を動かすなよ！」とギャラガーがいった。「まえが見えないだろ！」

「ごめん」

ぼくは光をまえにむけた。川の流れる音に神経を集中させた。これはいい川なんだと自分にいいきかせた。キラキラ光りながら公園の横を流れてるのと同じ川なんだ。その川が地下にもぐって、メルズ・マーケットのうらで地上に出てくるんだ。この川がうたってるのはいい歌なんだ。

そう考えながら、ぼくは一歩ずつまえに進んだ。でも、だんだん気分が悪くなってきて、「いい川」のことを考えても気分はよくならなかった。

ギャラガーが止まった。ぼくはそのせなかにあやうくぶつかりそうになった。「かなり奥まで来たぞ」とギャラガーがいった。

「わかってるよ」

「ウェニーが怪物犬を見た場所より、もっと奥だぞ」

「わかってるってば」

「マークが幽霊《ゆうれい》を見た場所に近いぞ」

「びくびくするなよ」と、ぼくはいった。でも、ただそういっただけだった。トンネルのようすがおかしいと感じはじめていた。

川がゴウゴウと流れていた。川の横の細い道に黄色い光をあてた。ぼくらはまるで、盲導犬《もうどうけん》のまえを歩いてる、二人の目の見えない人間みたいだった。ギャラガーはさっきよりもっとゆっくり歩いていた。トンネル内の空気は、重く、冷たくて、すっぱいにおいがした。ゴミ捨て場に出されたゴミのようなにおいだった。

そのとき、まえの方に、ぼんやりした光が見えた。懐中電灯《かいちゅうでんとう》の光じゃなかった。ぼくの胸の奥では、うれしさのあまり、心臓《しんぞう》が踊《おど》りくるっていた。あれは本物の光だ。電球や懐中電灯の黄色い光じゃない。クリーム色の光。柔《やわ》らかくてやさしい色だ。

ギャラガーが前進し、ぼくも早足になった。もう一度、ウェニーや、あのきれいな光の世界に出会えるのが待ちきれなかった。ギャラガーがカーブを曲がった。そして、大声でいった。

「下水口だ」

「なーんだ」とぼくはいった。「そうか。ぼくらはいま、町の地下を通ってるんだもんな……」

がっかりした声にきこえなければいいいんだけど、と思った。そう簡単にウェニーに会えるはずがないよ。

下水口の下を歩きながら、上をむいて外の光を見た。下水口から大きな水のつぶが落ちてきて、ぼくのくちびるにあたった。鉄のまずい味がした。ぼくはツバを吐《は》き、手で口をふいた。

ぼくは走ってもいないのに、走ったあとみたいな大きな息をしていた。下水口を通りすぎると、あの柔らかい光はだんだん薄《うす》れていって、やがて、まえを照らすのは懐中電灯だけになった。ぼくは立ち止まり、かべのぬるぬるにさわった。

「ギャラガー?」

「なんだ?」

「これはちがう」と、ぼくはいった。

ギャラガーがふりむいた。「どういう意味だ？」

「このトンネルは霊界《れいかい》につながってない」

「どうしてそれがわかる？」

ぼくはちょっと考えてから、こういった。「この暗さが、いい暗さじゃないんだ」

「気でもくるったのか、ウィル」といって、ギャラガーは歩きつづけた。ギャラガーがまえに進めるように、ぼくは懐中電灯《かいちゅうでんとう》をそっちにむけた。ぼくの気分はサイアクになっていた。たぶん、地下の空気のせいだろう。古い、どんよりした空気で、ちっともいいにおいがしなかった。

すぐに五番目のカーブのところに来て、ギャラガーが止まった。「いまの音、聞こえたか？」

ぼくは、川の音以外の音に、耳をすませた。「なにか聞こえた？」

「あれだよ」と、ギャラガーがいった。

こんどはぼくにも聞こえた。水の音じゃなかった。かべに反射した音でもなかった。低いうなり声だ。ぼくは足を止めた。ひざがガクガクした。うしろにいたブルウィンクルの口から骨が落ちた。ブルウィンクルもうなり声をあげた。「怪物犬だ」と、ギャラガーがいった。

「曲をかけよう」と、ぼくは小声でいった。ギャラガーがテープレコーダーのスイッチをいれた。「ねむれ、よい子よ、ねむりなさい」と、女の歌手がギターを弾《ひ》きながらうたった。ギャラガーはテープレコーダーをコンクリートの上におくと、リュックからドッグフードをとりだし、ふたを開けた。そして、次にくさりを出した。

「月の光が、海を照らして」と、歌手がうたった。

「よい子のボートがゆらゆらゆれて、よい子はだんだんねむくなる」

ギャラガーの手がふるえていた。懐中電灯の黄色い丸い光の中に、ギャラガーの白い息が見えた。

ブルウィンクルがまえに出ようとして、ぼくのおしりにドスンとぶつかった。「やめろ」と、ぼくはいった。まえからきこえるうなり声が大きくなった。うしろにいるブルウィンクルが緊《きん》張《ちょう》しているのがわかった。ぼくは首輪をつかんだ。ブルウィンクルもうなり声をあげた。「やめろってば!」と、ぼくは小さな声でいった。そのとき、ブルウィンクルが勢いよくかけだした。ぼくは、首輪をつかんでいた手がはずれて、ひっくりかえった。そのはずみで懐中電灯を地面に落っことした。懐中電灯の光が消えた。

「あーっ!」と、ギャラガーが悲鳴をあげた。「ひろえ!　スイッチをいれるんだ!」

前方の暗やみから、うなる声とほえる声がきこえてきた。あとずさってきたギャラガーがぼくの上に倒れた。「どけよ！」と、ぼくは大声でいった。犬同士がけんかする、ガブッという音やワウワウという声が暗いかべに反射して、トンネルじゅうにこだました。そのガブッやワウワウにまじって、女の歌手の「やがて明るい朝が来て……」という声も聞こえた。

「立て！」とギャラガーが叫んだ。「逃げるんだ！」

ぼくは急いで立ちあがった。うしろをむいた。そして走ろうとしたけど、暗くてなにも見えなかった。あたりは真っ暗やみだった。戦う犬の声にかこまれていた。かべがほえていた。川がうなり声をあげていた。「ブルウィンクル！」ぼくは大声で叫んだ。「ブルウィンクルが怪物犬に殺されちゃうよ！」

「逃げるんだ！」とギャラガーがいった。ぼくはかべのぬるぬるに手をついて、走ろうとした。ギャラガーがぼくにぶつかった。ぼくは倒れて、川の中に転げ落ちた。

こごえるように冷たくて暗い川が、犬のいる方へとぼくを押し流した。ぼくは手足をばたつかせた。足が沈んでいくのがわかった。ギプスだ！　ギプスのせいで泳げないんだ！

「助けて！」

「どこだ！」ギャラガーが悲鳴のような声で呼んだ。「どこにいるんだ！」

ぼくは犬かきで泳ごうとした。足がさらに沈んで、川底についた。ぼくは立ちあがった。川の深さはふとももぐらいのところだった。川の流れに逆らって歩いていった。

「ギャラガー！」

「こっちだ！」

「どこにいるかわからないから、ずっと声を出しててよ！」

「ウィル！　ウィル！」トンネルにこだまする犬の声にまけないぐらいの大きさで、ギャラガーが叫んだ。子守歌よりも大きな声だった。「がんばれ！　こっちだ！」

ギャラガーの声がする方向に進んでいくと、ぬれた手があった。ギャラガーに引っぱられて、ぼくはコンクリートの上にあがった。

「ブルウィンクルを」と、ぼくは泣きながらいった。「ブルウィンクルを助けにいかなきゃ！」

「あいつがぼくらを守ってくれてるんだ」とギャラガーがいった。「ぼくらが逃げられるようにしてくれてるんだ！」ぼくはギャラガーに手を引かれてトンネルを歩いていった。二匹の犬は、遠くうしろの方でけんかをしていた。そのとき、ドッボーンという、大きな水しぶきの音が聞こえた。ほえる声がしなくなった。うなる声もしなくなった。聞こえるのは川の音と、トンネルのむこうから流れてくるテープレコーダーの歌声だけだった。「夜が来た来た、夜が来た、よい子よ、ぐっすりねんねしな」

22

56日目（まだつづき）

The Long Way Home

ウェニーへ。

すごく時間がかかったけど、どうにか家まで帰ってきたよ。血が出てるブルウィンクルの肩にタオルをまいてから、ぼくは風呂場で、ママのヘアドライヤーを使ってギプスをかわかそうとした。熱い空気があたって肌《はだ》がチクチクするだけで、効果がなかった。川に落ちたせいでギプスの内側がグチョグチョで、ぜんぜんかわかなかったんだ。すぐにママがやってきて、風呂場でなにをやってるのといった。パパもかんかんになってやってきた。「いったい、ブルウィンクルになにをしたんだ?」

ぼくは、ジャクソン公園の横にあるトンネルにギャラガーといっしょに入ったことを話した。トンネルの中で、ブルウィンクルが悪い犬とけんかをしたんだといった。パパは獣医《じゅうい》さんに電話をかけた。それから保健所にも電話をした。

「公園横のトンネルに危険な犬がいるんです」と、パパが保健所の人に話した。パパが受話器を肩においていて、ぼくにいった。「どんな犬だったかきいてるぞ」

ぼくはギャラガーを見た。ギャラガーがぼくを見た。

「わかんない」と、ぼくはいった。「暗くて見えなかったんだ」

「大きい犬だった」とギャラガーがいった。「ほえる声でわかったよ！」パパがまた受話器にむかった。

「あの犬をつかまえてもらって」とぼくはいった。「おりにいれた方がいいよ」

ママが、「ウィル、しずかにしてなさい」といって、きれいな、かわいたタオルをわたしてくれた。「ギャラガー、あなたもおうちに帰った方がいいわ」といって、ギャラガーに出口の場所を教えるみたいに、玄関《げんかん》に行ってドアを開けた。

「いてもいいでしょ？」とぼくはきいた。

「ブルウィンクルを獣医さんのところにつれていくから」とママはいった。「それにウィルも、病院に行って新しいギプスをつけてもらわなきゃいけないでしょ」

「じゃあ、またな、ウィル」

「またな、ギャラガー」とぼくもいった。ギャラガーが帰っていった。

ぼくもパパといっしょに獣医《じゅうい》さんのところに行きたかったけど、新しいギプスが先だとママにいわれた。ママはぼくをトラックに乗せ、エンジンをかけた。

ママはかんかんに怒っていた。怒ったときのママの顔、わかるだろ。顔がのりみたいに真っ白になって、首に赤い点てんができるんだ。小児《しょうに》病院につくまで、首の点てんは消えなかった。

病院の駐車場に車をとめると、ママがいった。「あのトンネルに入るなんて、どうかしてるわ！」

「ごめんね、ママ」

ママはシートベルトをはずし、赤ちゃんがいるおなかをさすった。「公園であそんでると思ったのに。ウィルがそんなあぶないことをするとは思ってもいなかった。けがをしたらどうするの」

「うん、ごめん」

「それで、あそこでなにをやってたの？」

ぼくもシートベルトをはずした。急に、トラックがせまく感じた。「ギャラガーといっしょに死のトンネルに入って――」

「死のトンネルですって?」ママが金切り声をあげた。

「心配することないよ」とぼくはいった。「こどもがそう呼んでるだけなんだ」

「どこの子が?」

「みんなだよ」

ママがぼくをにらみつけた。「ウィル、よその子のことはどうでもいいの。ママは、あなたが、きょう、あのトンネルでなにをやってたかを知りたいの」

ぼくは窓の外を見た。風がまったくなくて、駐車場のカバの木もそよいでいなかった。ママがぼくに顔を近づけていった。「いいなさい」

「ゲームだよ」と、ぼくはいった。「ばかばかしい、ただのゲームだよ」といって、ぼくはパパがやるみたいに歯をくいしばり、車のドアを開けた。トラックからおりるのはひと苦労だった。ママがぼくの方にまわってきて、おりるのを手伝ってくれた。中がグチョグチョのギプスのままで歩いてたらいけないとママがいった。ママの助けを借りなきゃいけない自分がなさけなかった。ママは大きなおなかをしてるのに。

いまは家にいる。もう寝る時間だ。パパとママはまだ、ぼくとギャラガーがトンネルでなにをやってたかを知りたがっている。もしウェニーがいれば、ばかばかしい作り話をしてぼくを助けてくれるのにな。おまえは作り話が得意だったから。でも、おまえはいないし、ぼくは、自分がどうしようもない役立たずになった気分だよ。

追伸

ぼくが病院に行ってるとき、保健所の人からパパに電話がかかってきた。保健所の人がトンネルの中でのら犬を見つけたんだ。捨てられたロットワイラーという種類の犬が凶暴《きょうぼう》になったらしい。すごく危険な犬で、パパが電話したことを感謝してた。その犬は、あのけんかでうしろの足をけがしていた。ブルウィンクルはたいしたやつだよ。

保健所の人は、トンネルの中でテープレコーダーも見つけた。あれはぼくらのものかってきいたんだって。

23

The Long Way Home

58日目

ウェニーへ。

ぼくらのトンネル探検のうわさは、あっというまに広まった。ギャラガーが一日じゅう、大いばりで歩きまわって、その話をしゃべりまくったんだ。ギャラガーはこんな話をしていた——もし、あのトンネルから急いで出なかったら、ぼくらは怪物犬におそわれたにちがいない。怪物犬はぼくらをズタズタにして、ごはんがわりに食べたにちがいない。ぼくらの死体はぜったいに見つからなかっただろう。ぼくらの名前は新聞にのって、怪物犬の犠牲者《ぎせいしゃ》として有名になっただろう。

ぼくらは死のトンネルであやうく死ぬところだったと、ギャラガーがカミーラに話した。カミーラは、怪物犬がトンネルの中でぼくらを追いかけている絵をかいた。絵の下にはこう書かれていた——「ごはんがわりに食べてやる」

お昼の休み時間、サッド・スティックニーがギャラガーのおなかをなぐって、トンネルの話はするなといった。でも、その十分後にはもう、ギャラガーはまたあちこちでその話をしていた。

ギャラガーは世界一ハッピーなこどもだった。だがそれも、学校の帰りにマーク・ジョンソンがすがたをあらわすまでのことだ。マークは仲間のウィーゼルといっしょだった。たぶんマークは、自分よりトンネルの奥まで入った人間が気にくわなかったんだろう。だから、中学校からわざわざやってきたんだ。マークたちはぼくらのあとをつけてジャクソン公園まで来ると、男子用公衆トイレのかべにぼくらを押しつけて、殺すぞとおどかした。

「おまえをバラバラにして、ひき肉みたいにしてやる！」と、マークがギャラガーにいった。「そして、ソーセージ用の肉だといってメルズ・マーケットに売ってやる！」

ウィーゼルがぼくらをかべに押しつけてるあいだに、マークがタバコに火をつけた。ぼくの顔に煙《けむり》を吹きかけた。「おまえはゆっくり殺してやるぞ、ウィル」と、マークがいった。「皮膚《ひふ》がカリカリになるまで、このタバコの火で全身を焼いてやる」といって、ぼくの首にタバコの火を近づけた。ぼくの首で、小さな滝みたいに汗が流れおちてるのがわかった。マークがギャラガーの方を見て、「それでは」といった。「まず、ブタからかたづけるとするか。おい、ブタみたいにブーブー鳴いてみろ」

マークはウィーゼルに命令してギャラガーのシャツをめくらせ、ギャラガーのおなかにタバコを近づけた。「ほら、どうした」といった。「ブーと鳴いてみろ！」

そのとき、ぼくは、つけてもらったばかりの新しい歩行用ギプスで、マークのむこうずねをけっとばした。ギャラガーがウィーゼルのこめかみにパンチを放った。ぼくらはその場を急いで逃げだした。走れ！

マークとウィーゼルがすぐうしろから追ってきた。ぼくがはやく走れないので、ぼくらは公園の外には出ないで、こどもを砂場であそばせているおかあさんたちの近くに行った。その人たちのそばにいれば、マークとウィーゼルはぼくらに手が出せなかった。

マークはすべり台の横にいた。髪《かみ》の毛についている灰色の筋をなでていた。「こっちにこいよ、弱虫」といった。でもぼくらは動かなかった。ギャラガーんちのとなりに住んでるブーンさんが赤ちゃんを乳母車に乗せるまで、ぼくらは動かなかった。そして、ギャラガーんちに着くまで、ブーンさんのうしろにぴったりくっついて歩いた。ぼくらはギャラガーんちに入るとドアに鍵《かぎ》をかけて、リビングの窓から外を見た。ウィーゼルがフェンスによりかかっていた。ウィーゼルとマークはギャラガーんちのまえでタバコを吸った。そして吸いがらを捨てると、角を曲がってすがたを消した。

ぼくらは台所に行って、レモネードをのんだ。コップに注がず、いれものから直接のんだ。そして、マークとウィーゼルに勝ったお祝いに、二人でマシュマロ戦争をやってあそんだんだ。


いま、ぼくは家にもどってきて、ひと安心だ。ブルウィンクルににおいをかがせるため、マークが捨てたタバコの吸いがらをひろってきたよ。ブルウィンクルがくさいもののにおいをかぐのが好きなこと、ウェニーも知ってるだろ。ブルウィンクルはその吸いがらを犬小屋に持っていこうとしたけど、ぼくがそうはさせなかった。健康に悪いからね。

マークは自分が地球でいちばん強いと思ってる。でもぼくらとぜんぜんかわらないよ。かわってるのは、ちょっと鈍感《どんかん》で、顔にブツブツがあって、暗いトンネルに入った自慢話《じまんばなし》をするのが好きなところだけさ。死んだらどうなるかなんてこと、あいつは知らない。だから、あいつよりぼくの方がましなんだ。

24

59日目

ウェニーへ。

いまはもう夜の遅い時間で、パパもママもねむっている。ぼくはきょうのできごとを書こうと思って、ベッドの中で、懐中電灯《かいちゅうでんとう》をつけてこれを書いているところだ。これを話せる相手は、ウェニー、おまえだけなんだ。だからちゃんと聞いてくれよ。

きょうの午後、ジェームズさんがうちにきた。つかつかっとぼくの部屋に入ってきて、ベッドの上に座ったんだ。ぼくは汗が出てきたけど、机のまえから動かず、ケースの中でじっとしてるイゴールを見つめていた。

ジェームズさんは、トンネルの中でなにがあったかをきこうとした。ぼくらがなぜあそこに行ったか、まだパパにもママにも話してなかったから、二人ともすごく怒っていた。だから特別に、ジェームズさんをうちに呼んだんだ。

「その歩行用ギプスを見せてもらってもいいかい？」とジェームズさんがいった。ぼくは机の下から足を引っぱりだした。

「ほう、緑色か」

「暗いところでは光るよ」と、ぼくはいった。

「トンネルの中でそれがあったら便利だったのにね」と、ジェームズさんがいった。ぼくはスーパービーマンをいじくった。

「名前を書いてもいいかい？」

ぼくはサインペンをわたして、「ギプスをしてるのは、あと一週間だけどね」といった。「あと一週間で、やっとこれをはずせるんだ」

ジェームズさんが「そりゃよかった」といった。そしてギプスに「カルビン」と書いた。

「なにがおかしいんだい？」とジェームズさんがいった。

「その名前の意味を思い出したんだ」

「ハゲ、か」

「ぼくも赤ちゃんのときはハゲだったって、ママがいってたよ」と、ぼくはいった。「ウェニーもハゲてたって」

「ウェニーも？」

「うん、野球ボールみたいにツルツルだったって」

「野球ボールみたいにツルツルか」と、ジェームズさんがいった。

「ガム玉みたいにツルツル」

「ガム玉に毛がはえてたらいやだろ？」といって、ジェームズさんはカチッと音を立ててサインペンにキャップをした。「ところで、あそこはなぜ死のトンネルって呼ばれてるんだい？」

ぼくは肩をすくめた。「こどもはみんなそう呼んでるんだ」

「ふーん」

「あそこで幽霊《ゆうれい》を見たっていう子もいる」

「だからあそこに入っていったのかい？」

汗が出て、手のひらがむずむずした。ズボンに汗をなすりつけた。「ぼくは幽霊なんか信じてないよ。みんながいってるような幽霊はね」

「なら、ウィルはどんな幽霊《ゆうれい》を信じてるんだい?」

ぼくはなにもこたえなかった。光の人や天使の話はしたくなかった。ぼくはスーパービーマンの翼《つばさ》を引っぱった。強く引っぱると翼を出すことができるんだ。

窓の外に目をむけた。空には白い雲が浮かんでいたけど、太陽はよく照っていた。

「外に出る?」とジェームズさんがきいた。うん、とこたえて、二人でうら庭に出た。十二月でも外であそべるのが、カリフォルニアのいいところだ。雨がふってなければ、だけどね。

ぼくはジェームズさんにブルウィンクルの犬小屋を見せた。ブルウィンクルが中にいて、ジェームズさんの手をなめた。ブルウィンクルはきげんが悪くたって、だれにでもやさしくするんだ。自分のきずをぬいあわせた獣医《じゅうい》さんまでなめたんだって、パパがいってた。

ジェームズさんとぼくは、ツリーハウスの下にあったいすに座った。ここのところ、ツリーハウスにはだれもあがってないよ、ウェニー。あがるのはトゥインキーだけだ。ぼくはツリーハウスを見たくなかった。風が吹いてカエデの枝をゆらし、太陽の光がジェームズさんのメガネにキラキラ反射した。トンネルの話をしたくないならしなくてもいいから、いまはどんなちょうしか教えておくれと、ジェームズさんがいった。元気だと、ぼくはこたえた。おとながいつもいうせりふだ——「元気です、ええ、元気でやってますよ」

ぼくはジェームズさんに、ニッコリと笑顔を見せた。ぼくが元気だよとこたえてニッコリ笑えば、キラキラ光るメガネでぼくを見るのをやめて、さっさと帰っていくだろうと思ったんだ。もっと具合の悪いこどもが山ほどいるだろうから、ジェームズさんもはやくオフィスにもどらなきゃいけない。ぼくはジェームズさんの仕事のじゃまをしたくなかった。

ママがジェームズさんに紅茶を持ってきた。レモン一切れと角ざとうが二こ、受け皿にのっていた。ウェニーが角ざとうの箱を持ってきてベッドの下にもぐってるのを、ぼくが見つけたときのこと、おぼえてるか？　角ざとうを口の中にいれ、三つ数えてすばやく口から出して、また箱にもどすんだっていってたな。そうしたら、なめたように見えないって。お客さんが来ると、ママはいまでもあの角ざとうを使ってるよ。ジェームズさんの角ざとうを見ると、角がちょっと丸くなってるのがわかった。

ジェームズさんが紅茶をのみ終わると、ママがカップをかたづけて買い物に出かけたので、ぼくらはしばらく二人っきりになった。いつものように、ジェームズさんがまたなにか質問するんだろうと思った。でも、その質問を聞いてぼくはびっくりした。

「きみにあげたノートに、なにか書いたかい？」

ぼくはプラスチックいすの穴に指をつっこんだ。ノートのことをきかれたのは、相談所にはじめて行ったとき以来だった。「ウェニーに手紙を書いてる」と、ぼくはこたえた。

なんてばかなんだ！　ジェームズさんに教えちゃうなんて！　手紙を見せてくれっていわれたらどうする！

「きみがウェニーに手紙を書いてくれて、わたしもうれしいよ」と、ジェームズさんはいった。

えっ！　それを聞いて、ぼくはいすから転げ落ちそうになった。どうしていいかわからなくて、しばらくツリーハウスを見あげていた。木には枯れ葉が二、三枚残っていた。手をふってあいさつするように、枝にくっついてゆれていた。

「ウィル、ツリーハウスにあがりたいかい？」

ぼくはうなずいた。ジェームズさんのメガネは、ぼくの考えてることがわかるスーパーマンメガネみたいなものかな、と思った。

ジェームズさんがぼくのまえにひざまずいた。「ウィルは、力は強いかい？」

「強いよ」

「わたしの首に腕をまわしてごらん。首をしめたらだめだよ」

ぼくはジェームズさんの首に腕をまわした。ジェームズさんが立ちあがり、ぼくをせなかにぶらさげたまま、木のまえをなんどか行ったり来たりした。ギプスをつけてるから、かなり重かったはずだ。

「しっかりぶらさがってる?」

「うん」とこたえると、ジェームズさんがツリーハウスにのぼりはじめた。一段ずつ、ツリーハウスのはしごをあがっていった。上までたどりついた。ぼくは特等席におろしてもらった。二人ならんでそこに座って、小さくなった世界をながめた。

ツリーハウスからだと、台所の窓が左手だけでかくれた。右手も使えば、パパとママの部屋をぜんぶ消すことができて、あとに残るのはウェニーの部屋の窓だけだ。ぼくは両手をまえにさしだし、ウェニーの部屋の窓だけ残したまま、ずーっと見つめていた。ぼくがなにをやってるかジェームズさんがきかなかったのが、うれしかった。

トゥインキーが庭を横切った。白い毛が風に吹かれてそよいでいた。風は冷たかったけれど、ぼくは気にならなかった。だって、ツリーハウスの上にいると、思いっきり空気が吸えそうな気がしたから。ツリーハウスには、家の中の二倍ぐらいの空気があった。ぼくにはそれがわかった。鼻と胸がそういってたんだ。

ツリーハウスの空気は天国の空気に似ていた。ぼくは吸えるだけ吸いこんだ。次にまたこんなふうに空気が吸えるのがいつになるのかは、まったくわからなかった。

トゥインキーが木をのぼってきた。ぼくのひざの上で丸くなって、のどをゴロゴロ鳴らした。わきばらにさわるとブルブルふるえていた。ぼくがここにあがってくるのを、トゥインキーはずーっと待ってたんだ。

ジェームズさんがあぐらをかいた。「わたしもおとうさんが死んだあとで、おとうさんに手紙をたくさん書いたよ」といった。

「ほんとうに？」

「ほんとうさ。それにすごく助けられたんだ」といって、ジェームズさんがメガネをはずし、ワイシャツでふいた。「おとうさんも、それに助けられたと思う」

「おとうさんもそれに助けられたって、どうしてわかるの？」

ジェームズさんが大きくうなずいて、「そう感じるんだ」といった。ジェームズさんはメガネをかけ直して、ぼくの顔をまっすぐ見た。そしてニコッと笑った。ぼくにはそれがうそでないことがわかった。

それ以上、ジェームズさんの説明をきく必要はなかった。ジェームズさんのメガネにはまた雲がうつって、その奥の目がキラキラ輝《かがや》いていた。トゥインキーが立ちあがり、ぼくのひざの上でゆっくり一回転した。そして、ぼくの足のあいだにうずくまってウトウトした。

「病院にいたとき、ぼくが一度死んだこと、知ってる？」

「ウィルのパパとママから聞いたよ」

「パパとママが知ってるのは、ぼくの心臓《しんぞう》が止まったことだよ」と、ぼくはいった。「ぼくが死んだときになにを見たかは知らないんだ」

「なにを見たんだい？」

「暗いトンネルを通ると、光でいっぱいの空があったんだ。ぼくらのまえには光の人がいた。ウェニーとぼくはその人にむかって飛んでたんだけど、ぼくはパパとママのことを考えて、止まった。そしてヒューンって感じで病院の中にもどってきた。お医者さんがぼくの胸に電気ショックを与えた。それで、ぼくはまた自分の体の中に吸いこまれていったんだ」

ぼくはくちびるをなめた。一万キロ走ったみたいに心臓がドックンドックンいっていた。

「ウィル、そういうのを臨死体験《りんしたいけん》っていうんだ」

「それ、なに？」

「いま、ウィルが話してくれたようなことさ。それと同じような体験をした人が、ほかにもたくさんいるんだよ。その人たちは、自分が死んだときのことをおぼえているんだ。多くの人が、まぶしい光を見たといっている」

「その光は、あったかかったって?」

「そういってる人もいるよ。そして、愛に包まれてる気分だったとね」

「それだよ!」とぼくはいった。

「光の人を見た、という人もいる」とジェームズさんはいった。「それは、もう死んでる自分のしんせきだった、という人もいる」

「ぼくがウェニーを見たように?」

「そう、それと似たようなものだ」

「じゃあジェームズさんは、ぼくの頭がおかしくなったとは思わない?」

「思わないよ。ウィルは運がよかったんだ。死んでまたもどってきた、数少ない人間のひとりなんだからね」

トゥインキーはジェームズさんの言葉が気にいったにちがいない。ぼくのひざからジェームズさんのひざに飛びうつって、そこで丸くなった。ジェームズさんがトゥインキーのせなかをやさしくなでると、トゥインキーののどがゴロゴロ鳴った。

「死んだときの話を、パパとママにしたことはあるのかい?」

「そんなことできない」と、ぼくはいった。

ジェームズさんがトゥインキーの耳のうしろをくすぐった。パパとママに、あのときのことをぜんぶ話すのがこわいんだっていうことは、ジェームズさんにはいわなかった。空を飛んだ楽しい話をしゃべると、結局、いやだったこともしゃべってしまうんじゃないかって、心配だった。まだ、その覚悟《かくご》はできてなかったんだ。

「ウィル、きみのパパとママは、いま、すごくきずついているんだ。でも、そのうち、その話をできるときがきっと来るよ」

「どうしたら、そのときが来たってわかるの？」

「きみならわかるさ」と、ジェームズさんはいった。「とにかく、ウェニーに手紙を書きつづけるんだ」といった。「そうすれば、きっとわかる」

そのとき、パパが外に出てきた。「ウィリアム・アラン・ノース！」と、ぼくの名前を大声で呼んだ。「ツリーハウスの上でいったいなにをやってるんだ？」

ツリーハウスの窓からジェームズさんが首を出した。「こんにちは、ノースさん」と声をかけた。「わたしが彼を上につれてきたんです。すぐにおりますから」

パパの顔が真っ赤になった。いまにもゲロを吐《は》きそうな顔だった。「おっと、悪かったね、カルビン。いっしょにいるとは知らなかったもんだから……わたしはてっきり……」

といって、パパは急いで家の中に入った。

とまあ、そういうわけ。これでぜんぶさ。ぼくはいい空気をいっぱい吸った。ぼくらのひみつを人にしゃべって、そして信じてもらえたんだ。

25

81日目

The Long Way Home

ウェニーへ。

しばらく手紙を書かなかったけど、ギプスをはずしてから、ものすごくいそがしかったんだ。歩く練習をいっしょうけんめいやってる。足がカチカチで、痛いことも多いよ（まえからそうだけどね）。この三週間ぐらい、ギプスをはずしたこと以外は、とくに大きな事件もなくて、クリスマスもすごくつまらなかった。

家の中のふんいきはほとんどかわっていない。つまり、サイアクってこと。パパはあいかわらずようすがへんだ。晩ごはんのときも、ママやぼくとほとんど話をしないし、なにかしゃべるとしても、バターをとって、ぐらいのものさ。夜は、地下のスタジオで仕事をしてるか、ビールをのみながらテレビを見てるかだ。むかしは、ぼくらによく本を読んでくれただろ？『熊の皮を着た男』や『がたがたの竹馬こぞう』のようなグリム童話を。いまはもう、そんなことはしてくれないよ。突然、ぼくはもうそんな年じゃないと思うようになったのかもしれないな。おまえはもういないし。

ママのおなかはだんだん大きくなってきて、赤ちゃんは三月に生まれるっていってた。おまえの誕生日も三月だったけど、たぶん同じ誕生日にはならないだろうから、その赤ちゃんがおまえの生まれかわりじゃないかって心配することもないと思うよ。

もうひとつ、おまえに話さなきゃいけないのは、リビングのかべにかけてあったぼくらの写真がはずされたことだ。ぼくらが小道を歩いてるところを、パパがうしろからとった写真、知ってるだろ？　パパが白黒写真につける色が、ぼくは前から大好きだったんだ。あの写真ではウェニーのドレスが水色で、ぼくのシャツが緑で、太陽がまぶしいほどの白で。道ばたに咲いてるバラは、おまえの大好きなピンク色にぬってあったな。パパが色をつけたぼくらの写真はたくさんあったけど、あれがいちばんよかったよ。

あの写真をどうしてはずしたのかはわからない。写真がかかってたところだけ、白いあとがぽっかり残ってる。それと、くぎがささってたところには、黒い小さな穴が一こ。

87日目　1月1日

きょうから新しい年がはじまる。ぼくが死んで生きかえった日が第二の誕生日だとすれば、ぼくが生まれてから、きょうで八十七日だ。

88日目

ウェニーへ。

きょうは一日じゅう雨で、学校から帰っても家の中でぶらぶらしてなきゃいけなかった。外であそべないから、また、磁石《じしゃく》をさがすことにした。はじめにさがしたのは、ぼくの部屋のクロゼットだ。去年の夏、ウェニーの歌をテープレコーダーで録音したときのこと、おぼえてるかな？　あのテープが、クロゼットの奥にあった古いスリッパの下から出てきたんだ。バネのおもちゃも見つかった。おまえが粘土《ねんど》をくっつけちゃったやつだよ。

見つけたテープをテープレコーダーにいれて、ヘッドホンで聞いた。ばかばかしい歌を作る天才だな、ウェニーは。こんなへんな歌を作れる人間、世界じゅうでおまえだけだよ。ぼくがとくに好きなのは、「タコちゃん、さかなのしっぽちゃん、ゼリーのパイとムーニーちゃん。ムーニームーニー、ジューシームーニー。キスしてムーニー、ジューシームーン」ってやつ。なんのことか、さっぱりわかんないけどね。

追伸

きょうの午後は、あのテープをずっと聴いてたんだ。おまえの歌はバツグンだよ。いまごろ、おまえはへんてこソングをうたってきかせて、天使を大笑いさせてるのかもな。

追伸の追伸

どうしてウェニーがそれほどすごい音楽の才能を持ってたのか、わかったぞ。おまえがまだママのおなかの中にいたとき、おまえにも聞こえるようにって、パパがいつも大きな音でステレオをかけてたんだ。きっとそのせいだよ。

89日目

ウェニーへ。

家の中のふんいきをもっとよくする計画を立てたんだ。こんど生まれてくる赤ちゃんと関係がある計画だ。ママがウェニーを妊娠《にんしん》したとき、パパとママがすごくよろこんで、へんなことばかりやってたこと、おまえに話したことはなかったよな。あのとき、ぼくはまだ3歳だったけど、パパがいつも、ママのすぐ近くに座ってたのをおぼえてる。ときどき、パパはママのおなかに耳をあてて、おまえがしゃっくりするのをきいてた。ぼくは、パパがふざけてるんだと思ったけど、赤ちゃんはおなかの中でほんとうにしゃっくりをするんだって、ママがいってたよ。それから、まえもいったけど、パパは大きな音で音楽をかけた。パパが読んだ本に、おなかの中の赤ちゃんも音が聞こえると書いてあったんだ。

それから、ママが妊娠してるとき、パパとママはなんども買い物に行った。ある日、パパとママはテディベアのミルトンを買ってきた。それがぼくのじゃないことがわかって、すごくはらが立ったこと、いまでもよくおぼえてるよ。パパはおまえのベビーベッドにミルトンをおいて、このクマさんはもうすぐ生まれてくる赤ちゃんのだっていったんだ。

　この話をするのは初めてだと思うけど、その日の夜、ぼくはミルトンを盗《ぬす》んできて、ベッドカバーの下にかくしたんだ。すごくほしかったんだよ。まあ、いまはぼくも11歳で、ぬいぐるみのことなんてなんとも思ってないけれど、あのときはまだ3歳だったからね。それに、ママのミシン部屋が赤ちゃん部屋になっちゃったから、頭がこんがらがってたんだ。ぼくの古いおもちゃは、新しい黄色の戸だなにかたづけられた。まだあそびたかったおもちゃもあったのに、おとなが赤ちゃんのおしりにつけるへんなにおいの粉と同じにおいになっちゃった。

　ウェニーは、なぜぼくがこんな話をするのか、ふしぎに思ってるかもしれないけど、ぼくは、家の中がへんだぞって、ずっとまえから思ってたんだ。ママのおなかはすっごく大きくなってる。でも、パパはママのおなかに一度も耳をくっつけてない。それに、音楽だってかけてないから、こんどの赤ちゃんは、ママのおなかの中でダンスができない。おまえはママのおなかの中でよくダンスしてたのに。だから、ぼくは計画を立てたんだ。パパとママと赤ちゃんのためになることをやらなきゃってね。ウェニーのクロゼットに、古いおもちゃをいれた箱がある。その箱を出してこようと思ってるのさ。それを開けて、ガラガラやそろばん玉を見せたら、きっとパパとママは、赤ちゃんが生まれたら楽しくなるぞっていう話をするよ。たぶん、ママがニコニコ顔になって、パパが音楽をかけるんじゃないかな。おまえはどう思う?

89日目(つづき)

ウェニーへ。

晩ごはんのあと、計画を実行した。ママはソファーに座って紅茶をのんでて、パパは新聞を読んでた。ぼくは楽しい音楽をかけると、ボリュームをいっぱいにあげた。

「なにをやってるんだ?」とパパがいった。

「赤ちゃんにも聞こえるように、音を大きくしたんだよ」

パパが新聞をひざの上においた。「そんなこと、だれがいったんだ?」

「パパだよ」と、ぼくはいった。「このまえママが妊娠《にんしん》したとき、パパがそうしてたでしょ」

パパは、「音を小さくしなさい」といって、また新聞を読みはじめた。それでわからなきゃいけなかったんだけど、ぼくはときどき、ブルウィンクルと同じぐらいばかになっちゃうからな。次にぼくは、ママの横におもちゃ箱をおいたんだ。「こんどの赤ちゃんにこれをあげるよ」といった。「まえはぼくのだったけどね」

「ありがとう、ウィル」と、ママがいった。ぼくはガラガラやそろばん玉をとりだして、ママのひざにおいた。ミルトンも箱から出した。腕にまいてあったトイレットペーパーはとっておいた。

「破れたところを縫《ぬ》わなきゃね」と、ぼくはいった。

部屋のむこう側にいるパパが、こっちを見ていた。パパにもこのおもちゃを見てほしかった。音楽にあわせてママのおなかをやさしくポンポンってたたいてほしかった。でも、パパは立ちあがると、コートも着ないで家の外に出ていった。散歩じゃなかった。散歩に行くんなら、必ずブルウィンクルのひもを持っていくはずだもの。

ぼくはママの横に座った。ママは、こぼれたなみだをかくすように、ミルトンを顔のまえに持っていった。二人を元気づけるのは、ぼくにはもうお手あげだ。

91日目

ウェニーへ。

パパの車はお店においてあった。だからきょうはぼくが起きるまえに、ママがパパをお店まで送っていかなきゃならなかったんだ。きょうは土曜日でいそがしいから、パパは朝はやくお店に行かないとだめだった。そしたら、パパはお弁当を持っていくのを忘れてた。ママはぼくといっしょにお弁当を届けて、パパをびっくりさせようと思ったんだ。

ぼくらがお店に着くと、女の人と小さな女の子がお店から出てくるところだった。ドアのベルがチリチリンって鳴って、その二人が出ていった。ぼくはガラスのドアのこっち側から、その小さな女の子が車に乗るところをながめていた。その子はまだ自分でシートベルトをしめられないので、おかあさんがかわりにしめてあげた。その女の子は、ウェニーにはぜんぜん似てなかったよ。似てなかったところ——ブロンドの髪《かみ》の毛がウェニーより長かった。ウェニーより口がちっちゃかった。目の色が茶色だった。

ママがパパのお弁当をカウンターにおいた。

「いまの子を見たか?」とパパがいった。

「かわいい子だったわね」と、小さな声でママがいった。

「いろんな写真をとらされたよ」とパパがいった。ガラスのカウンターに手をついて、うつむいた。「野球のバットで胸を思いっきりなぐられたみたいだ」

ママがパパの体に腕をまわしたけれど、パパは顔をあげなかった。苦しそうな息をしていた。

ぼくはドアの横に立っていた。ぼくのくつの中が汗ばんでいるのがわかった。

「看板をひっくりかえしてくれないか」と、パパがぼくにいった。ぼくは「営業中」と書かれた板をひっくりかえして「準備中」の方にした。

パパは、土曜日はいつも夕方六時までお店にいるのに、きょうはお昼で仕事をやめた。ママの車でいっしょに家に帰った。パパがこんどはカウンターにお弁当を忘れたので、ぼくが持って帰った。

いまは夕方の五時で、パパはまだベッドで寝てる。お弁当も食べなかった。パパのサンドイッチはぼくが食べてもいいってママがいったけど、パパのために作ったものをぼくが食べるわけにはいかないよ。それに、ぼくはツナが好きじゃないし。

26

The Long Way Home

98日目

ウェニーへ。

ぼくが赤ちゃんのおもちゃを出してきてから、もう一週間になる。きょうのようすを見ると、ママはあのおもちゃでなにか思いついたらしい。ぼくが部屋で粘土《ねんど》をいじってたら、ウェニーの部屋から物音がきこえてきたんだ。おまえがおもちゃあそびに熱中したときに立てるような音だよ。ぼくはゾッとした。なぜだかわかんないけど。まるでおまえが部屋にいるような感じがした。ぼくがそーっと廊下に出て、部屋をのぞいてみると、ママがいた。パパがガーデニングのとき着る古シャツを着て、髪《かみ》の毛を赤いバンダナでむすんでた。窓のところに立って、おまえのキルトを、パタッ！　パタッ！　ってふってたんだ。

「これをたたむのを手伝って」とママがいった。

ぼくはおまえの部屋に入って、ママといっしょにむらさき色のキルトをたたんだ。ママはベッドからシーツと毛布をはがして、洗濯《せんたく》かごに放りこんだ。

むかしと同じだ、とぼくは思った。むかしの洗濯の日と同じだ。

でも、そうじゃなかった。ウェニーのベッドが空っぽだった。ギャラガーが退院したあとの病院のベッドみたいに。

ママは両手を腰にあて、まわりを見まわした。そして部屋から出ていった。ママがいないあいだ、ぼくはベッドを見ないようにしていた。ママが四つの箱を持ってもどってきた。赤いクレヨンで箱の横に字を書いた――「衣類」「ぬいぐるみと人形」「おもちゃ」「本」。ママはクレヨンを持ったままそこに立っていた。「がんばって、泣いたりせずにやってみるわ」といった。「赤ちゃんの部屋が必要だし、それにウェニーは……」ママのくちびるがピクピクふるえだした。ママは腕ぐみをして、外にある古いスモモの木を窓から見つめた。「手伝って……くれる？」

ぼくは手のひらに汗をかいた。「ウェニーのもの、人にあげたりしないよね？」

ハート形のサングラスをママが手にとった。「箱にいれて、大事にとっておくわよ」

「わかった、なら手伝う」と、ぼくはいった。ウェニーのいない部屋でママのお手伝いをするのは、へんな気分だった。ベッドの上でピョンピョン飛びはねながら、「ワニさんジャムはベタベタペッペッ」とうたったり、抜けた歯をかくした場所をぼくに見せたりするウェニーは、どこにもいなかった。

ぼくは戸だなのところに「おもちゃ」の箱を持っていって、女の子のおもちゃを中にいれた。いちばんはじめに、オレンジ色の毛糸がからまったままのはた織り機をいれた。その上から、おしりに星がついたポニーをいれた。磁石《じしゃく》がないか、ぜんぶの戸だなを見てみた。どこにもなかった。ぼくは、髪《かみ》の毛が黄色と青と緑のトロール人形をポニーの横にいれた。

ママが窓のところで、ウェニーの貝がらを紙で包んでいた。「どうしてそんなことするの?」とぼくはきいた。

「壊《こわ》れないようにね」とママがいった。ウェニーの貝がらはどれも、もうとっくに壊れてるんだから、ママがどうしてそんなことをいうのか、ぼくにはよくわからなかったけど、なにもいわなかった。

いちばん上のたなの奥から、ぼくがずっとまえからさがしていたベースボール・カードと、コイン・コレクションのコインが出てきた。

「ぼくのものもあるんだけど」

「ウィルがほしいものはとっておきなさい」

ぼくは自分のものをドアの横において、「これにはさわっちゃだめだよ」といった。

「どれに？」と、ママが顔をあげずにいった。『ぞうのホートン』の絵本を読んでいた。

「ドアの横にあるやつは、ぼくのだからね」

ウェニーの戸だなで、ガム玉のおまけの指輪を見つけた。ビー玉やゴム粘土《ねんど》といっしょに、くつの箱にいれてあった。その指輪をズボンのポケットにいれてると、たなの下にプラスチックの赤いものが見えた。ぼくの磁石《じしゃく》だ！　おまえはうまくかくしたつもりかもしれないけど、ぼくはおにいちゃんだからな。ぼくの方が頭がいいんだ。ドキドキしながらそれを引っぱりだした。すぐにテストしなきゃ。

「どこに行くの？」とママがきいた。

「すぐにもどる」というと、ぼくは自分の部屋にかけこんで、さっきの指輪を机の上に出し、磁石を近づけた。くっつかなかった。磁石の力がなくなってた。おなかがでんぐりがえったような感じがした。

そのとき、この指輪はプラスチックに色をぬってるだけだってことを思い出した。ぼくは台所に走っていって冷蔵庫に磁石を近づけた。くっついた。手を放しても落ちなかった。まだ役に立った！　磁石の力をうばうことなんてできないんだ。ぜったいに。

ぼくはウェニーの部屋にもどった。ママがベッドに座ってた。ぼくもママの横に座った。「それなに？」ときいた。すぐに、しまったと思った。ママがじっと下をむいて、手に持った丸いガラス玉を見ていた。その中にはバレリーナが入っていた。去年の夏休みに、パパとママがウェニーに買ってあげたやつだ。ママがそれをゆすった。バレリーナがくるくる踊《おど》り、上から雪がふってきた。

ママが泣きだした。肩がふるえ、手から力が抜けていった。ママの手からこぼれ落ちたガラス玉をぼくが受けとめた。それからしばらくして、ぼくらはウェニーの部屋を出て、ドアをしめた。とうぶん、ママもぼくもあの部屋には入れないだろうと思った。

98日目（つづき）

ウェニーへ。

ぼくはいま、毛布をかぶってクロゼットに入り、懐中電灯《かいちゅうでんとう》をつけている。ぼくが見たゆめの話をしてやるよ。最初、すごくドキッとしたんで、ブルウィンクルを部屋につれてきた。いま、ブルウィンクルといっしょにクロゼットに入ってる。そこらじゅうによだれをたらしてるけど、いっしょにいてくれるだけでうれしいんだ。

ゆめの中で、ぼくはツリーハウスにいた。空は灰色っぽい青で、海の色みたいだった。そして雪がふっていた。雪がぼくのほっぺたに落ちた。冷たくて、ほっぺたがぬれた。上を見ると、雪より大きなものが、空に浮かんでくるくるまわっていた。ぼくが目を細めてじっと見たら、それはあの、ガラス玉の中のバレリーナだった。

ぼくは手に馬蹄形《ばていけい》の磁石《じしゃく》を持っていた。それを空にむけた。バレリーナがくるくるまわりながら、ぼくをめがけておりてきた。はじめはバレリーナだったけど、いつのまにかウェニーになっていた。ぼくは磁石でおまえを引っぱりおろそうとしていた。おまえは雪のように、ふわふわ、しずかに、おりてきた。そのとき、ぼくの目がさめたんだ。

いま、磁石もここにあるけれど、こいつはろくなことをやりゃしない。おまえは天国にいたいんだよな。たぶん、おまえは一日じゅう、あのへんてこソングをうたっていて、しずかにしろっていう人はだれもいないんだろう。寝る時間のことで神様とけんかすることもないいんだろう。歯だってみがかなくてもいいのかもしれないな。

おまえは、あのガラス玉の中のバレリーナみたいに満足してるのに、ぼくはこの地上で身動きのとれない状態だよ。天国から遠く離れたところにいるんだ。

99日目

ウェニーへ。

きょう、ギャラガーが電話をかけてきて、おねえさんの持ってた雑誌『びっくり大ニュース』の記事をいくつか読んでくれたんだ。ギャラガーが最後に読んだのは「世界が終わる!」という記事だった。それによると、今年の三月で世界が終わってしまうんだって。有名な超能力者が全員、三月九日の六時に世界が終わると予言してるらしい。何百年もまえに死んだ過去の超能力者もまったく同じ予言をしてるんだってさ。

世界がどのような終わりかたをするのかをきくまえに、ぼくは電話を切らなきゃいけなかった。というのも、台所でパパがママをどなりつけてたからだ。

パパのどなり声は廊下のはしにいても聞こえた。きのう、ママとぼくがウェニーの部屋に入って荷物をかたづけたことを、パパが知ったんだ。ママは、赤ちゃんのスペースを作るために荷物を箱につめただけだっていった。するとパパがキレた。パパは帽子《ぼうし》をたたきつけると、流しの上においてあった鍵《かぎ》を持って、大きな足音を立てながら地下スタジオにおりていった。

午後六時、ママにいわれて、ごはんの準備ができたことをパパに知らせにいった。ぼくはドアのまえに立って、ドイツ語で書かれた「立入禁止」の札をしばらく見つめていた。

汗でベタベタの手のひらをジーパンでふいて、ドアをノックした。「パパ、ごはんができたよ」――返事はなかった。ドアをしめて暗室の奥にいるんだろうと思った。「パパ！　ごはんだよ！」

「いま、いそがしいんだ」と、パパの声がした。

「スラッピー・ジョーだよ！」

「先に食べてなさい」

ドアのすきまに口を近づけた。「デザートは手作りクッキーだよ！」

返事はなかった。ぼくは木の板の「立入禁止」という字を指でなぞった。ドイツ語で「アイントリット・ファーボーテン！」と書かれていた。

台所にもどると、パパがいつ来るか、ママにきかれた。「あとで」と、ぼくはこたえた。ぼくら二人だけでスラッピー・ジョーを食べた。

結局、パパはごはんを食べにこなかったから、ブルウィンクルは、生まれてからいちばんのごちそうにありつくことになった。大きく輪をえがくように、しっぽをブルンブルンふりまわしていた。あんまりうれしくて、パパのぶんのスラッピー・ジョーを一気にたいらげた。ブルウィンクルがよろこんでるのはいいことだ。だって、ほかによろこんでる人なんてだれもいないんだもの。

ぼくは、新しい赤ちゃんの準備をすることで家族が団結すると思ってた。こんどこそ、パパとママがちょっとはハッピーな気分になると思ってた。でも、ますます悪くなっただけだ。

世界がどんな終わりかたをしたってかまわないや。ほんとうに世界が終わってくれたらいいのに。

99日目（つづき）

ウェニーへ。

いまは夜中の一時ごろだ。パパとママがまたけんかをした。二人とも、ぼくが寝てると思ったんだろうけど、どなり声と泣き声で目がさめちゃったよ。いま、トゥインキーといっしょにクロゼットに入ってる。懐中電灯《かいちゅうでんとう》があるからこの手紙が書けるんだ。

けんかのことを書かなきゃ。こんどのやつはひどかったんだぞ、ウェニー。いままでいちばんひどいけんかだった。ものすごい音がきこえたから、ぼくはベッドからこっそり廊下に出て、ドアのかげにかくれた。

そしてリビングをのぞき見した。パパはいすに座って、身を乗りだし、ひざにひじをついていた。色が白くなるぐらい手をギュッとにぎりしめていた。「わたしがここにいないとは、いったいどういう意味なんだ?」と、パパがどなった。

「いつもお店か、ろくでもない暗室にいるでしょ!」

「そのろくでもない暗室のおかげで、生活ができるんだろ!」

「でも、ずっとこもりっきりじゃないの、チャーリー。ウィルともわたしとも、口をきこうともしないで」

パパがいきおいよく立ちあがった。腕ぐみをして窓の外の、歩道をぬらしている雨を見つめた。「わたしはできるだけのことをやっているんだ」と、パパがいった。

「あなたがもっと必要なの。わたしにも、ウィルにも！」

「わたしにどうしてほしいのか、さっぱりわからん」

ママが立ちあがった。「あなたにもどってきてほしいのよ。とにかくもどってきてほしいの」

パパがママの方を見た。「どこにも行ってないじゃないか！」パパが叫んだ。あんまり大きな声だったんで、ぼくは飛びあがった。ママが真っ青になった。

「大きな声を出さないで」とママがいった。「ウィルが目をさますでしょ！」

「ケイト、わたしに不満があるなら、はっきりそういえばいいだろ！」

「そんなことをいってるんじゃないのよ。ねえ聞いて、チャーリー。わたしはあなたに、またここでの生活をはじめてほしいの。約束してほしいのよ、わたしたちをしっかり守って、これから生まれてくる赤ちゃんを愛してくれるって」

パパは窓のまえを行ったり来たりしていた。「この世界が危険でいっぱいのくるったところだってことがわかっているのに、おまえたちを守ってやるという約束がわたしにできると思うか？」パパが頭の上で両手をふりまわした。「毒いりのハロウィーン・キャンディに、人殺しに、ドラッグ。こどもたちはきずつき、おとなはこどもたちを守ってやることができない。なにもできないんだ！」

「ねえ、いって」と、ママがいった。かべの上の、ぼくらの写真がかかっていた場所を手でさわった。「あの子の名前をいって、チャーリー。お葬式《そうしき》があってから、一度も名前を口にすることができないんでしょ。いってよ、ウェニーって」

そのときだ。パパが、まるで口の中で猛獣《もうじゅう》が罠《わな》にかかったみたいな、ものすごい大声を張りあげた。ママが暖炉《だんろ》にしがみついた。ぼくは廊下のすみにちぢこまった。パパは家を飛びだして、車のドアをバタンとしめると、道路を走り去った。タイヤのきしむ音が、家の中にいるぼくにも聞こえた。

ぼくはしばらくドアのうしろでじっとしていたけど、それからリビングに行って、ママのとなりに座った。ママがぼくの肩に頭をのせた。まるで、ぼくがパパでママがこどもみたいだった。ぼくはママのおなかにさわった。赤ちゃんのいるおなかがすごく大きくなっていた。

ぼくはきいた。「どうしてパパはママのこと、あんなに怒ってたの？」

「ママのことを怒ってたんじゃないの。パパは自分自身のことを怒ってたのよ」といって、ママがぼくの髪《かみ》の毛をなでた。「パパは、ウィルとウェニーの事故のことで、自分を責めているのよ」

「あれはパパのせいじゃないよ」

「そうよ、ウィル。でも、パパにはそれがわからないの」

雨が、ぬれた手で窓をたたいていた。ぼくの心臓《しんぞう》の音がはっきりきこえた。

「ねえ、ママ?」

「なあに?」

「ぼくら、横断歩道をわたってたんだ」

「知ってるわよ」

「ぼくが走って、ウェニーも走った。でも、ぼくの方がウェニーより足がはやかった」

「ウィルはおにいちゃんで、ウェニーよりもはやく走れるんだもの」

「大きな声で、走れって、ウェニーにいったんだよ、ママ。でも、トラックがあっというまに来ちゃったんだ」

「わかってる」

そして、ぼくはママの肩に顔をうずめて泣いた。ママのガウンのバラの模様《もよう》が、なみだと鼻水でグチョグチョになった。ママはずっとぼくを抱いててくれた。暖炉《だんろ》においてある時計の、カッチカッチという音がきこえた。ママの息がぼくの首にかかるのがわかった。

しばらくしてから、ママはぼくといっしょに部屋まで来て、ぼくをベッドに寝かせた。「ゆっくりやすむのよ」といった。

それが一時間まえのことだ。ぼくはねむろうとしたけど、心配でねむれなかったから、いま、クロゼットの中でトゥインキーをひざに抱いてるんだ。手紙を書いてるあいだ、トゥインキーがぼくをあっためてくれた。夜中の一時だから、外を通る車も少ない。車が通るたび、パパかなと思うけど、ちがうんだ。

ぼくも空を飛んでパパをさがしたいよ、ウェニー。もしおまえが見つけられなかったら、おねえさん天使に手伝ってもらえるよう、神様にたのんでくれよ。パパを見つけて家につれもどしてくれ。

28

The Long Way Home

100日目

ウェニーへ。

いまごろ、おまえはいっしょうけんめいパパをさがしてるんだろうな。天使にウェニーの手伝いをさせてくださいって、ぼくも神様にお祈りしてるよ。だって、おまえはものをさがすより、なくす方がだんぜん得意だったもんな。十人の天使が手伝ってくれたらたりると思うけど。男の天使も何人かいればバッチリだ。かんたんに話をしておこう。おまえもいそがしいだろうけど、この話はしておかなきゃ。話す相手はおまえしかいないんだ。

パパが出ていったのは、おまえの事故のことでパパが自分自身を責めているからだって、ママはいってた。ぼくもママのいうとおりだと思うけど、ほかにも理由があるんじゃないかな。パパは、女の赤ちゃんが生まれるのをこわがってるんだと思う。また女の子が生まれて、ウェニーみたいに死なせてしまうのがいやなんだ。ぼくの考えが正しいかどうかママにきいてみたいけど、そんなことをしたら、たぶん、またママが泣いちゃうだろうな。おまえはどう思う？

もし女の子が生まれたら、ぼくはその子に女の子のあそびを教えるつもりだよ。誕生日にはお人形をあげて、クリスマスにはままごとセットをあげて。指先で持たなきゃいけないぐらいの、すっごく小さなティーカップのセットをね。その子には、台所の流しにのぼったりさせないぞ。ピクルスの汁をのんだり、パパのライフジャケットを着てツリーハウスから飛んだり、ローラースケートをはいてブルウィンクルに引っぱらせたり——なんてことは、ぜったいにやらせない。戦士であそんだり探検に行ったりするのもだめ。そして、死のトンネルにはぜーったいに入らせない。こんどの子はふつうの女の子になるんだ。家の中で、安全にすごすんだ。

もしおまえがパパを家にもどしてくれたら、パパがこわがらなくてすむよう、ぼくの計画をパパに話してみよう。

100日目（夜中）

ウェニーへ。

パパはまだ行方不明のまま。ママが警察に電話をしたから、警察もパパをさがしてる。警察が見つけるまえにおまえが見つけてくれた方が、パパにとってはいいことだよな？　でも、おまえたち天使はいったいなにをやってるんだって、だんだん心配になってきたぞ。おまえにも、もう特別な能力があるんじゃないのか？　かべのむこう側にあるものを見たり、そんなことができるはずだろ。どうしてこんなに時間がかかるんだよ？

29

The Long Way Home

101日目

ウェニーへ。

いま、ぼくは電話のとなりに座っている。パパから、だいじょうぶだって電話がかかってきたんだ。ママが帰ってきたころにまた電話をして、いまどこにいるか教えるっていった。元気かってぼくにきいたから、「元気だよ」ってこたえた。パパは、ぼくが怒ってなきゃいいんだけどっていった。ぼくはなにもいわなかった。電話のコードをいじってた。「また電話する」とパパがいった。そして切れた。ぼくは座ったまま、ずっと発信音を聞いていた。ツ――――――。脳みそが電気でしびれてる気分だ。

102日目

ウェニーへ。

パパを見つけたのがだれかは知らないけれど、もしかしたらおまえじゃないかもしれないから、念のため、パパの居場所を教えておく。いま、サンフランシスコにいるともだちのジム・ガービーさんちにいるんだ。パパが家を出てったあと、ママはガービーさんに電話しようと思ったんだけど、ガービーさんちの新しい電話番号がわからなかったんだ。

ウェニー、ガービーさんのことおぼえてる？　去年、うちに何回かごはんを食べにきた人だよ。離婚《りこん》したばかりでさびしがってたから、パパとママがしょっちゅう招待してたんだ。このまえうちに来たとき、ガービーさんがおまえのほっぺたをつまんで、「小さなかわいい天使さん」って呼んでたから、ぼくは思わず吐《は》きそうになったぜ。

それはともかく、ガービーさんはサンフランシスコにある自分のアパートに住んでる。パパはガービーさんちのソファーで寝てるらしい。ママがパパと電話で話してるのを聞いててわかったんだ。ママはすごくやさしく、しっかり話してたよ。泣いたりしなかった。あれを見たら、おまえもママのことを自慢《じまん》したくなったろうな。

パパは、まだ家に帰る心の準備ができてないいんだけど、ぼくにガービーさんちに来てほしいっていってた。おまえはどう思う？

104日目

ウェニーへ。

いまは金曜日の夜だ。おまえに手紙を書くまでねむれそうにない。ぼくはいま、ガービーさんちに来てるんだ。もう夜中だから、だれも起こさないよう、風呂場の電気をつけ、お風呂のはしに座って書いてる。

ガービーさんのアパートは、ぼくんちとはかなりちがってるよ。まず、ペットがいない。コンピューター画面の中で泳いでるニセモノの熱帯魚がいるだけ。家具はすごくおしゃれだ。ソファーもいすもぜんぶ、黒い革でできている。テーブルはガラスとスチールでできている。窓から太陽の光が入ってくると、テーブルにキラキラ反射してまぶしいから、目を細めなきゃいけないんだ。

ガービーさんちのもうひとつの特徴は、おとなの好きそうなおもちゃがいっぱいある点だ。迷路とか、立体パズルとか、黄色や緑のべとべとしたものがポタポタ落ちてるのが見える、エイリアンみたいな内臓《ないぞう》をしたガラスの人形とか。最新のコンピューターや、CDプレイヤーや、すごくでっかいテレビもある。

今夜はピザを食べたあとで、レンタル・ビデオを見ながら、ポップコーンを食べ、ビールをのんだ。これは男の楽しみってやつだな。ぼくがのんだのはコーラだけど、パパはそれをビール用のジョッキについでくれたんだ（革のズボンをはいた男と山の絵がかいてある、でっかいジョッキだぞ）。ビールより、ぼくのコーラの方がたくさんあわが立った。

ぼくは、パパがうちに帰ってこられるよう、ぼくの考えた赤ちゃんの育てかたについてパパと二人で話し合いたかった。でも、パパはまるでチューインガムみたいに、ガービーさんにべったりはりついてたんだ。ようやくパパと二人っきりになれたとき、ぼくは走ってリュックをとりにいった。

「パパに持ってきたものがあるんだ」

「なんだい？」

ぼくはリュックを開けてパパの歯ブラシをとりだした。「パパの歯がねちゃねちゃになってるかもしれないと思って」

「ありがとう、ウィル。パパも薬局で新しい歯ブラシを買ったんだ」といって、パパが歯ブラシを受けとった。「でもそいつは安物でね。やっぱり、いつもの歯ブラシがいちばんだ」

それだけ。赤ちゃん計画について話すぜっこうのチャンスだったのに。パパに約束するつもりだったんだけどな。ウィルという自分の名前のように赤ちゃんの面倒を見るよ、この名前は「いっしょうけんめい守る人」っていう意味なんだ、ぼくが赤ちゃんを安全に守るよって。

物音ひとつしてなかった。パパがぼくをまっすぐ見つめていた。でもぼくがいったのは、パパの歯がねちゃねちゃになってるかもしれない——ってことだけさ。

105日目

ウェニーへ。

ぼくらがおまえの部屋をかたづけたことを、パパも怒ったりしなきゃいいのに。もちろん楽しい仕事なんかじゃないけど、でも、赤ちゃんが寝る場所が必要なんだ。赤ちゃんが寝てても、あそこはウェニーの部屋でもあるんだからね。それは約束するよ。

パパの気分がもっとよくなるような方法をおまえが思いついて、それをぼくに知らせてくれたらいいんだけどな。ぼくもできるだけのことをやってるんだ。いまのところは、へまばっかりだけど。

ママとぼくとで、おまえの部屋のかたづけを終えたよ。ぼくのおもちゃはぜんぶとりかえした。おまえの本のほとんどは、ぼくの部屋の本だなにおいてある。いつか、ぼくが赤ちゃんに読んでやるんだ。そのほかに、ガム玉の指輪と、トロールの人形二つと、バレリーナが中に入ったガラス玉もぼくがもらった。

あしたは、あの部屋のかべをぬりかえるんだ。どんな色になると思う?

106日目

きょう、イゴールがバッタを食べなかったけど、あまり心配するなよな。たぶんおなかがすいてなかったんだよ。

107日目

ウェニーへ。

おまえの部屋をぬりかえてるところなんだ。意外とたいへんな仕事だよ。ママがぼくに色を選ばせてくれた。まず、かべと天井《てんじょう》を空色にぬった。それからぼくはママに、白い雲をかいたらどうだろうっていった。ママはこの考えが気にいらなかったけど、結局、ぼくのスニッカーズをママに半分あげるという交換条件で、かかせてもらうことになったんだ。

その雲も半分ぐらいかき終えた。スポンジを使ってかいてるんだぜ。なかなかうまくかけたんだけど、ぼくが死んでるときに見た雲ほどかっこよくない。ぼくはその雲に穴と、穴からさしこむ白い光をかきこんだ。ぼくがかきたかったような、明るい光にはならなかった。あんな感じの明るい色はペンキ屋さんに売ってなかったんだ。

追伸

たぶん、イゴールはパパがいないのがさびしいんだと思う。きょうもなにも食べなかった。

30

The Long Way Home

108日目

ウェニーへ。

もっとイゴールに気をつけてればよかった！　きょう、学校から帰ったら、イゴールがあおむけにひっくりかえってたんだ。足の横には大きな割れ目ができてた。もうすぐ死ぬかもしれないと思った。ママは仕事に行ってるから、ぼくはパパのお店に電話をかけた。パパが、ペットショップのソラッツォさんの電話番号を教えてくれた。「ソラッツォさんはタランチュラの専門家なんだ」と、パパがいった。「イゴールをお医者さんにつれていくようにいわれたら、パパがそっちに迎《むか》えにいくよ」

パパにありがとうといって、ぼくはソラッツォさんに電話をした。すると、お医者さんにつれていく必要はないと、ソラッツォさんはいった。そして、いいことを教えてくれた。イゴールは脱皮《だっぴ》してるところなんだ！

ソラッツォさんによると、タランチュラは年に一回か二回、脱皮するんだって。そのときはものを食べなくなる。そして、あおむけになって、体の外側にある古い骨格（外骨格《がいこっかく》というらしい）を破って外に出てくる。もっと成長するためにそうするんだ。

ぼくらがイゴールを飼いはじめたのは十一ヵ月まえだから、イゴールの脱皮を見るのはこれが初めてなんだ。それから、ソラッツォさんはもっとすごいことを教えてくれたぞ。聞いて驚くなよ。これはすごく大事なことだからな。実は、イゴールは女の子だったんだ！

「まさか！」ってぼくはいったんだけど、ソラッツォさんは、オスのタランチュラは大人になったらもう脱皮しないんだっていった。メスは大人になっても毎年脱皮を続けるんだってさ。

脱皮中のイゴールをどう世話すればいいか、ソラッツォさんに教えてもらった。ちゃんと観察して、ケースの中の湿気《しっけ》を絶やさないようにすればいいみたいだ。

いまごろになってイゴールはメスだといわれても、こまっちゃうよな。名前をかえようかとも思ったけど、イゴールはウェニーのクモだし、おまえが最初にイゴールって男の名前をつけたんだから、かえないことにした。だからイゴールのままだ。

ソラッツォさんは、イゴールが完全に外に出てきたら外骨格《がいこっかく》はケースから出してもいいっていった。その外骨格は、見た目はタランチュラそのものだけど、中にはもう生き物は入ってないんだ。おまえの体から天使のウェニーが抜けだして飛んでいったようなものだよ。人間だったら、そんなことは死なないとできない。でもタランチュラはしあわせだよ。生きてるあいだずっと、古い体から出ていく練習ができるわけだからね。

111日目

ウェニーへ。

イゴールの脱皮《だっぴ》が終わった。新しいイゴールはきれいだ。まるでお風呂に入ってきたみたい。電話をかけて、イゴールがメスだったことをパパに教えてあげたら、大笑いしてたよ。三〇秒近く笑ってた。その笑い声をきいて、ぼくはすごくいい気分だった。

きょう、イゴールの古い外骨格をガラスケースからとりだした。ママは見るのをいやがってた。でも、トゥインキーはそうじゃない。ものすごい興奮のしかただったよ。トゥインキーがちょっと落ち着いてから、イゴールの外骨格のにおいをかがせてやったんだ。なんどもなんどもクンクンかいでた。そして、まるで自分のこどもにでもさわるみたいに、足のうらの柔《やわ》らかいところでそーっとさわってた。

みんなに見せるため、外骨格を学校に持っていったんだ。ターウィリガー先生もトゥインキーと同じぐらい興奮したぞ。トゥインキーみたいにさわりはしなかったけどね。

たぶん神様は、面倒な脱皮を毎年しなくてすむよう、人間の骨格を体の内側にいれたんじゃないかな。でも、脱皮ってなんだか楽しそうだ。もし脱皮ができたら、学校を三日ぐらい休むことができて、パパとママは先生に、「ウィルは今週脱皮をするので学校を休みます」って手紙を書かなきゃいけなくなるね。

112日目

ウェニーへ。

ぼくがイゴールの外骨格を学校に持ってって理科室の陳列《ちんれつ》ケースにいれたから、トゥインキーがすごくはらを立てている。トゥインキーが怒ってることはブルウィンクルにもわかるみたい。いつもよりたくさんトゥインキーのにおいをかいでるから。たぶん、怒るとへんなにおいが出るんだろうな。とにかく、ブルウィンクルはいろんなことをやってトゥインキーを元気づけてるよ。

　パパが、赤と黒のチェック柄《がら》のパンツを持ってたの、おぼえてる？　ウェニーが引きだしから持ちだして、チェッカー盤のかわりに使ったやつ。ブルウィンクルがあれを洗濯《せんたく》かごからってきて、トゥインキーにプレゼントしたんだ。トゥインキーがそれを受けとろうかどうしようか迷ってるうちに、ママが洗濯機の中にいれちゃったけど、それにもめげずに、ブルウィンクルはいろんなプレゼントをトゥインキーに持ってきたよ。ぼくの古いサッカーシューズとか、きのうの晩ごはんに出た魚を包んでた新聞紙とか、使用済みのティッシュペーパーとか、リサイクルバケツの中にあったクリームスープの空きカンとか。

　トゥインキーがそのカンをなめてたら、ママに持っていかれた。ママがブルウィンクルをどなりつけて家の外に出さなかったら、あいつはいつまでもトゥインキーにプレゼントを持ってきただろうね。

　そのあとでぼくは、やさしくて頭のいい犬だってほめてやろうと思って、ブルウィンクルの犬小屋に行ったんだ。バシン、バシン、バシンって、しっぽをはげしくふって犬小屋にぶつけながら、ぼくによだれをいっぱいたらしたよ。

ブルウィンクルがそこまでやったんだから、ぼくもトゥインキーにかわりのものをプレゼントしようと思った。戸だなから陶器のかわいいボウルを出して、冷たいミルクをたっぷりついで床においてやったんだ。トゥインキーはにおいをかいでから、ピチャピチャのんだ。最後まできれいにのんじゃったよ。のみ終わると、口のまわりと手をなめて、ぼくのひざに飛びのった。もしトゥインキーに言葉がしゃべれたら、きっと、「イゴールの外骨格《がいこっかく》を学校に持っていったことはゆるしてあげる。ウィルのこと大好きよ」っていうだろうな。でも、トゥインキーは言葉なんかしゃべる必要はない。ゴロゴロいってればそれでいいんだ。トゥインキーのゴロゴロには千この言葉と同じだけの価値があるんだ。

31

The Long Way Home

120日目

ウェニーへ。

きのう、パパに会いにいった。メキシコ料理のお店につれてってもらって、パパと「とうがらし食い競争」をやった。チリペッパーをぜんぶ食べることはぼくにはできないって、パパがいったんだ。ぼくは食べられるよっていって、ほんとに食べることができた。そして、ごはんのあと、アイスクリームをダブルで買ってもらったんだ。チョコレートマーブルとラズベリーミックスの二段重ねさ。

家にもどってくる決心がついてればよかったんだけど、パパは、そのまえにまずやることがあるんだといった。ウェニーも知っておいた方がいいと思うけど、パパとママは家庭相談所のカウンセラーのところにかよってるんだ。ジェームズさんのところじゃない。ジェームズさんはこども専門だからね。カーシェルさんっていうべつの女の人。ママが、パパは悲しみを乗りこえてるところなんだっていってたよ。パパが家にもどってきたら、もうまえみたいじゃないって。ずっとよくなるって。

もちろんぼくも、パパがはやくその悲しみ問題を乗りこえてくれればいいと思ってるよ。パパがいないとさびしいから。いま、この家にいる男はぼくだけだもん。ブルウィンクルもいるけど、あいつは犬だから計算に入らない。イゴールまで女の子だってことがわかっちゃって、急に肩身がせまくなったような気がするんだ。

あんまりパパが恋しいもんだから、きょう、やってはいけないことをやっちゃった。鍵《かぎ》をとって、地下にあるパパのスタジオにこっそり忍びこんだんだ。

むかしから、パパがずっととってたぼくらの白黒写真を知ってるだろ？　パパが手がきで色をつけて、すごく古い写真みたいにしたやつ。パパはその写真を額にいれて、箱の中に大事に収めてたよ。ずっとそのましまっておくのか、あるいは展覧会のために箱づめしたのか、ぼくにはわからない。それを見たんだけど、いい写真ばかりだった。展覧会をやってくれるといいな。

いちばん上にあったのは、ぼくらが小道を歩いてる写真だ。ほら、パパがリビングのかべからはずしたやつさ。箱の中をぜんぶ見たあとで、パパがいま色をつけてるものも見た。それを見て、パパがなぜスタジオに鍵《かぎ》をかけていたか、わかった。ママにもぼくにもそれを見られたくなかったんだ。

パパはぼくらの白黒写真に色をつけてたんだよ、ウェニー。でも、それはあまりいい写真じゃなかった。パパが以前、ボツと呼んでた写真だ。

おまえがぜんぜんじっとしてないから、いい写真を一枚とるために、パパがすっごくたくさんの写真をむだにしてたことは、おまえも知ってるはずだ。パパは、そんなボツ写真に色をつけてたんだよ。

一枚目は、おまえとぼくが砂場にいる写真だった。おまえは3歳ぐらいかな。かっこいい砂のお城を作るはずだったのに、おまえはとちゅうであきちゃって、コップに入ったレモネードをぼくの頭にかけたんだ。べとべとになった髪《かみ》の毛を洗うためにパパがぼくをお風呂場につれてって、撮影《さつえい》中止になったっけ。パパがかんかんになってたこと、よくおぼえてるよ。ゴシゴシって強く洗われたんで、頭の皮がむけるんじゃないかと思った。ぼくは知らなかったけど、おまえがぼくの頭にレモネードをかけたとこを、パパは写真にとってたんだ。

二枚目はおまえがよそいきのくつでパーティハットをふんづけてる写真。

そして三枚目の写真に、ぼくはジーンとなった。それは、ぼくらがいっしょに小道を歩いてるときにとったものだった。

あの、リビングのかべにかけてあった写真をとったあと、おまえはぼくのまえをかけていった。そしてぼくはパパの方をふりかえった。その瞬間《しゅんかん》を、パパは写真にとってたんだ。すごくふしぎな写真だよ。ぼくはパパの方を見てる。そしてぼくのずーっとまえで、おまえは腕を広げて、太陽の光をめざして走ってるんだ。まるで、いまにも空にむかって飛んでいってしまいそうな感じで。

パパはなぜ、この写真に色をつけようと思ったんだろうな。まだ完成してなくて、ぼくは白黒のままだ。髪の毛も、顔も、服も。でも、おまえはもう、ドレスは水色に、カールのかかった髪の毛はブロンドに、そして大きく広げた腕はピンクに、ちゃんとぬってある。道ばたのバラにも赤い色がついてて、かけていくおまえのむこうにある太陽の光は、金色にぬってあったよ。

32 *The Long Way Home*

127日目

ウェニーへ。

きょうはギャラガーの誕生日で、めちゃくちゃ楽しかった！　まず、ギャラガーがぼくんちに来たから、ゴジラのマンガがいっぱいのってる大きな本をあいつにプレゼントした。

「ゴジラだらけだ！」とギャラガーがいった。

「当然だろ！」ぼくらはページをめくりながら、ニューヨークで休日をすごすゴジラのマンガを読んだ。ゴジラがいちばん最初にふみつぶしたのはヤンキー・スタジアムだった。そして、ヤンキース・ファンをつかまえてバリバリ食べてから、デートをしに自由の女神のところへ行った。

　そのマンガを読み終わると、ギャラガーがゴジラのまねをした。大声をあげながらぼくの部屋の中をドスンドスン歩きまわった。「ドシーン！　バシーン！　グシャッ！　おっ、ここにうまそうなヤンキース・ファンがいるぞ！　おやつに食っちまおう。ムシャ、ムシャ！」シャツをめくりあげて太ったおなかをさすった。うなるように、「こんどはのどがかわいたぞ！」といった。「どこにいけばコーラが一万リットルのめるかな？」そんなことをやってるうちに、ほんとうにギャラガーのおなかがすいてきたので、ぼくらは台所に行っておやつを食べた。

　五時、ギャラガーのパパが車で迎《むか》えにきて、誕生日のディナーにつれていってくれた。サンフランシスコにあるレストラン「チャイナ・ドラゴン」でごはんを食べた。ぼくは酢豚《すぶた》をたらふく食べた。ミミズをフライにしたみたいな、茶色のパリパリしたソバも食べた。ギャラガーはそのソバがすごく気にいったらしく、あとで食べられるよう、ポケットの中につめこんだ。ゴールデンゲート・ブリッジを通って家に帰るころには、あたりはすっかり暗くなっていた。

　ぼくは車の窓を開けて頭を出した。するとヒューンっていう風の音がぼくの耳に飛びこんできた。ゴールデンゲート・ブリッジの空気は最高だ！　びんにつめて売ればいいのに。反対車線には、サンフランシスコにむかう車が走っていた。白いヘッドライトが無数の流れ星に見えた。ぼくが死んでるときに見た光のショーみたいだった。ウェニーも、あの暗いトンネルを出るまえに光のショーを見たかい？　ぼくのまわりには、たくさんの流れ星が見えたよ。その流れ星からあったかいものが伝わってくるのを感じた。ぼくは連続ジャンプをしてトンネルから出ていったんだ、あの光の川の中を飛びながらね。

トンネルの最後で見た光のショーのこと、それまですっかり忘れてた。顔にあたる気持ちのいい風と、ビュンビュン飛んでくきれいな光で、ようやく思い出したんだ。ぼくはしあわせな気分でいっぱいになって、思わず大声をあげはじめた。ギャラガーも大声をあげた。

しずかにして窓をしめろって、ギャラガーのパパにいわれた。ぼくはいわれたとおりにした。べつにかまわなかった。どっちみち、ぼくらがいるのは橋の上だし、ぼくの体の中はいい気分でいっぱいだったんだ。あのまぶしい光がぼくの体を通りぬけてるみたいだった。

あのヒューンっていう大きな音を聞いて、すごくうれしかった。飛んでいくあの光をまた見ることができてすごくうれしかった。いちばんいいゆめを見るよりも、もっと気持ちよかったよ。

140日目

ウェニーへ。

しばらく手紙を書かなかったけど、このごろはよくギャラガーんちに行ってるんだ。きょうの放課後も、またあいつんちに行った。クラッカーと、ピーナッツバターをぬったリンゴを食べて、チョコレートミルクをのんだ。ウェニーは、口の中にクラッカーをいっぱいいれて口笛を吹いたことある？　ギャラガーと二人でそれをやったんだ。おかしくて笑いが止まらなかった。こんど、天使を集めていっしょにやってみるといいぜ。爆笑《ばくしょう》だよ。おまえがクラッカーであそんでも、神様はいやな顔しないだろ。神様だってたまには大笑いしたいにちがいないさ。でなきゃ、マントヒヒやセイウチなんて動物を思いつくわけないもん。

もうすぐ三月になる。ギャラガーとぼくとで大事な計画を立ててるんだ。まだウェニーに教えることはできない。ひみつの計画だからね。だれにもいわないってギャラガーに誓《ちか》ったし。見てのお楽しみだよ。もしだれかにばらしたら、ぼくの口にレバーソーセージをつっこんでやるってギャラガーにいわれてるんだ。

146日目　3月1日

ウェニーへ。

大失敗しちゃったよ。そんなことになったのは、おまえのバースデーケーキを作りたかったからなんだ。ママがケーキの素《もと》を持ってなかったから、手に入るもので作らなきゃいけなかった。ぼくは買いおきのスニッカーズを戸だなから出して、数をかぞえてみた。ぜんぶで九こあった。こんなにたくさん使うのはもったいないんだけど。

ママが買い物に行ってるあいだに、ぼくはスニッカーズをなべにいれて、ガスコンロでとかした。ケーキにしてはドロドロで見た目が悪かったから、そこに小麦粉をいれようと思った。そして、ぼくが小麦粉のふくろを手に持ってると、ブルウィンクルがぼくにぶつかってきたんだ。小麦粉がブルウィンクルのせなかにこぼれて、まるで、世界一フケだらけの犬、みたいなすがたになった。床にも粉がこぼれたけど、ふくろの中にはまだたっぷり残っていた。

ドロドロにとけたチョコレートとキャラメルの中に粉をいれてかきまぜた。もう、すごくいいにおいがしたよ。スプーンをおいたとき、流し台にちょっとチョコレートがついたけど、これもちゃんときれいにした。流し台をなめたわけじゃないぞ。ナプキンでふいたんだ。

そしたら、手に持っていたそのナプキンを、ブルウィンクルがくわえていった。ぼくはそこらじゅうブルウィンクルを追いかけまわしたよ。だって、犬にはチョコレートをあげたらいけないことになってるからね。チョコレートを食べると犬は病気になっちゃうんだ。小麦粉のせいで、カーペットのあちこちにぼくとブルウィンクルの足あとがついていた。ようやくブルウィンクルをつかまえたと思ったら、ブルウィンクルはもうナプキンを食べちゃってたよ。うそじゃないぜ。ほんとに食べてたんだ。

台所にもどったらなべがちょっとこげてたから、中に水をいれて、またかきまわした。チョコレートのこげた味をなくしたかったから、その中にイチゴジャムをぶちこんだ。こげたトーストにはこれがすごく効果的なんだ。次にオーブンをつけて、中から焼き皿を出した。

その焼き皿の上に、なべの中身をこぼさないように注いだ。プロらしく見えるよう、上には飾りをのせることにした。戸だなの中にマシュマロのふくろがあった。青い星形のやつや、黄色の半月形をしたのもあった。完璧《かんぺき》だね。まず、青い星をケーキの上に丸くならべて、ところどころに黄色の月をおいたんだ。まだ焼けてないのに、すごく立派なケーキに見えたぜ。

ぼくは気分がよくなって、マシュマロを二、三こ食べた。

そしてスプーンをなめてると、ママが帰ってきた。

「ウィリアム・アラン・ノース！ いったいなにをやってるの？」ママがスーパーのふくろを流し台にドサッとおいて、腰に手をあてた。

「ケーキを作ってたんだよ」

「だれがあなたにケーキを作ってくれっていったの？」

「ママが」

「ママはそんなこといってません！」

「いったよ。去年、ウェニーの誕生パーティのとき、ぼくがウェニーのケーキを作りたいっていったら、8歳の誕生日に作っていいって、ママ、そういったでしょ」

ママが口をポカーンと開けた。ママの体がふるえだした。ぼくはコップに水をくんでママのところに持っていった。ママは台所のいすに座って、床にこぼれてる小麦粉を見つめた。ママはコップにさわりもしなかった。「床はぼくがそうじするよ」と、ぼくはいった。「いますぐそうじする」

台所はきれいにかたづけたから、ぼくがケーキを作ろうとしたなんてこと、ぜんぜんわからない。スニーカーについた小麦粉を落とし、ブルウィンクルの足のうらも洗ったから、もう足あともつかない。カーペットについたぼくらの足あともそうじ機で吸いとった。

ママは買ってきたものをかたづけると、自分の部屋に入って横になった。ママを元気にしたいなと思った。ぼくはいつもへまばっかりやるんだ。そしてママはいつも部屋に入ってドアをしめることになる。

たしかに、ぼくのケーキ作りは大成功とはいかなかった。でも、ギャラガーと二人でもっといい計画を立ててるんだ。もうすぐウェニーにもわかるよ。いまはまだいえない。ぼくはレバーソーセージが大きらいなんだ。

33

The Long Way Home

147日目　3月2日

ジャーン！　ウェニー、びっくりしただろ！

今年もバースデープレゼントがもらえるなんて、思ってなかっただろうな。おまえの誕生日みたいに大事な日を、ぼくが忘れるわけないだろ。バースデーカードを送ったけど、この日記も書くことにした。ぼくらがどんなことをやったか教えてやるよ。

まず、きょうの午後、ウェニーへのプレゼントを持って、ギャラガーといっしょに森へ行ったんだ。ブルウィンクルがぼくらのまえを歩いて、クンクンにおいをかいで道をさがしていた。ズボンのベルトに風船をむすんで歩いてたから、きっとへんてこなハイキングをしてるように見えたと思うけど、だれにも会わなかったから問題なかった。

結局、ギャラガーがさがしてた原っぱに着くまで二時間以上かかっちゃったよ。ぼくは、ギプスがとれてからもう二ヵ月になるけど、これだけ歩くとさすがに足が痛くなった。三時ごろには、ギャラガーをぶっ殺したくなったね。迷子になったと思ったから。でも、ようやくその原っぱが見つかったんで、また元気が出てきたんだ。

ぼくらがパーティの準備をしているあいだ、ブルウィンクルはぼくらのまわりをグルグル走っていた。ケーキはなかったけど、チョコレートマシュマロを六こ持ってきて、これがすごくおいしかったんだ。ブルウィンクルも仲間に加わって、犬のビスケットをかじってたよ。

ギャラガーは三つ目のチョコレートマシュマロを食べ終わると、舌で歯をそうじしながら、「そろそろプレゼントをわたそうか」といった。

ぼくはかばんの中から、ずっと箱の中にいれて大事にとっておいたガム玉の赤い指輪をとりだした。ウェニーのほかのガム玉指輪といっしょに、黄色の風船にくくりつけた。プラスチックの指輪だから、すごく軽かった。重いものをつけるとヘリウム風船が飛ばないから、今年のプレゼントは軽いものでないといけなかったんだ。

次に、ブルウィンクルからのプレゼントをピンクと緑の風船につけた。ブルウィンクルが選んだのは、トゥインキーのヘビのぬいぐるみだ。中に入ってたイヌハッカがなくなったんで、トゥインキーはもう興味をなくしちゃった。でも、ブルウィンクルはまだこれがお気にいりなんだから、おまえもブルウィンクルにちゃんとお礼をいうんだぞ。

ギャラガーもプレゼントを持ってきた。あいつが風船ガムをでっかくふくらませてる、自慢《じまん》の写真だ。あれだけの大きさにふくらませるため、ガムを六枚もかんだんだってさ。それから、ゴジラがガールフレンドの自由の女神と肩を組んでる絵もかいてきてくれた。

ぼくらは「ハッピー・バースデー」はうたわなかった。そのかわりに、ウェニーが作った「ワニさんジャム」をギャラガーに教えて、いっしょにうたったんだ。ギャラガーは、「足の指にジャムをベチャ、鼻の穴にジャムをムギュ」のところが気にいってたよ。

そして、最後のプレゼント、ぼくの磁石《じしゃく》には、赤い風船を四こつけた。持つところはプラスチックだけど、それでもすごく重いからね。バースデーカードもつけた。ぼくのかいた光の人の絵が、気にいってもらえるといいんだけどな。

追伸

ぼくの磁石を大事にしてくれよ、ウェニー。雲の上におき忘れたりするんじゃないぞ。あれは本物の磁石で、永久に力が消えないんだから。

147日目(つづき)

ウェニーへ。

やっぱり、ブルウィンクルを信用しなきゃよかったよ。あいつはノミと同じぐらいの脳みそしか持ってないいんだ！　ぼくらが原っぱを出るころには、もう太陽が沈みかけてたから、急がないといけなかった。

しばらく森の中を歩いていると、ブルウィンクルがちがう方向に走りだした。そしてもどってくると、いっしょうけんめいほえはじめたんだ。

「近道を見つけたらしいぞ」とギャラガーがいった。

「それで?」

「だから、ブルウィンクルについていけばいいよ」

「やだよ」と、ぼくはいった。

「そうしないと、真っ暗な中を歩いて帰らなきゃいけなくなるぞ」とギャラガーがいった。

「ブルウィンクルが見つけた近道で森を抜けるんだ」

「ブルウィンクルは近道を見つけたとはいってないだろ?」

「いってないけど、きっと見つけたんだよ。行こうぜ」

そして、ぼくら大ばか二人組は、ブルウィンクルのあとをついていっちゃったんだ! ブルウィンクルはまえよりもっと細い道に入っていった。これは「けもの道」だと、ギャラガーがいった。人間じゃなくて動物が通る道だって。道が急なくだり坂になると、ギャラガーは、これは本物だ、こうやって山をはやくおりて、町に行く道に出るんだといった。でも、その「けもの道」をしばらく歩いていくと、またのぼり坂になった。

ぼくらがブルウィンクルのあとをついていったのは五時半ごろだった。いまはもう七時四十五分だ。ギャラガーは小川におりて水をくんでる。ぼくは、月あかりの下で、地面に座って、冷たいおしりをがまんしながら、この手紙を書いている。

あの「けもの道」が大失敗だったことがわかって、ぼくらはまた、人間が通る道をさがさなきゃいけなかった。それをはじめたのがいまから一時間まえだ。「けもの道」は、人間の道にはどこにもつながっていなかった。ようするに、だれかがさがしにきてくれないと、ぼくらは今夜ここから帰れないってこと。ぼくらは迷子、ま・い・ご、になったんだ。うれしそうにしてるのはブルウィンクルだけだよ。あいつはばかだから恐怖《きょうふ》なんか感じないんだ。懐中電灯《かいちゅうでんとう》も持ってないし、寝ぶくろもないし、お泊《と》まりセットもない。でも、ギャラガーが小川を見つけたから、のどはかわかないですむ。ギャラガーはボーイスカウトに入ってるから、森の中のサバイバル術ならまかせとけといってる。ギャラガーは、クラッカーを箱に半分と、ピーナッツバターが中に入ったへんなチューブを持ってきていた。はみがきみたいに、それをギュッとにぎって中のピーナッツバターを出すんだ。ウェニーはピーナッツバターがきらいだったけど、晩ごはんの時間に、どこにいるのかわからないような場所で食べたら、ものすごくおいしいんだぞ。

コートを着ててよかった。ブルウィンクルがぼくの横で丸くなってて、いい気持ちだ。ブルウィンクルの息が手にあたってあたたかい。ギャラガーが水を持ってもどってきたから、そろそろ書くのをやめる。今夜はぼくらを見守っててくれよ、ウェニー。おまえの助けが必要なんだ。

34

147日目(そのまたつづき)

ウェニーへ。

夜はあっというまにやってきた。今夜が満月でよかったよ。でなかったら、森が完全に真っ暗になってるところだ。星をながめるのっていいものだけど、明るさの点では、ホタルの光とそれほどかわらないね。つまり、ほとんど役に立たないってこと。

ぼくはいままで、寒さを感じたことって、それほどなかったんだ。鍵《かぎ》のかかってる家に入れなくて、雨の中を二時間、ママが買い物から帰ってくるのをツリーハウスの中で待ってたときも、寒さは感じなかった。いま、いちばん冷たいのは足だ。凍傷《とうしょう》にならないか心配だな。ギャラガーは、足の指をくつの中でずっと動かしてろっていったよ。さっきからそうしてるんだけど、あんまり効果はない。

たしかにブルウィンクルはばか犬かもしれないし、ぼくらを迷子にした張本人《ちょうほんにん》かもしれない。でも、あいつをしかる気にはなれないんだ。だって、ぼくらをいっしょうけんめいあっためてくれてるからね。ギャラガーとぼくは交代でブルウィンクルのとなりに寝てるんだ。体の上にはセコイアの枝をかけている。ハリネズミの毛布をかけてるみたいな感じがするよ。

ぼくがちょっとあったまってくると、ギャラガーがあいだに割りこんできて、また枝をかけ直す。こんなことをずっと続けてるから、ほとんどねむれないんだ。

ぐっすりねむってるのはブルウィンクルだけさ。しかも、ブルウィンクルはぜんぜん寒くないみたいだ。人間の皮膚《ひふ》より毛皮のコートの方がすぐれてるんだよ。神様が人間もあんなふうに作ってくれてたら、外にいてもこごえずにすんだのにね。こんど神様に会ったときに、ウェニーからその話をしといてくれないか。

さて、ギャラガーの横でもうちょっと丸くなるとするか。ねむれないんだけど、コートのそでから出てる手が冷たすぎて、手紙を書くこともできないんだ。歯がガチガチ鳴りだした。いますぐ夜が明けてほしいよ。

148日目

ウェニーへ。

ぼくらを見つけたのはパパだった。パパには人さがしの才能があるにちがいないよ、だって、ほかの人たちは一晩じゅう、ぜんぜんちがう場所をさがしてたんだからね。警察もだぜ！　パパはずっと町の中で、ぼくらのいそうな場所をさがしてたんだけど、ふと、森をさがしてみようと思ったんだ。パパがぼくらの足あとを見つけたのは朝の五時ごろだった。雲が出てきて、雨がふりはじめていた。パパは、歩きまわっては大声でぼくらの名前を呼び、また歩きまわってはぼくらを呼んだ。

ぼくらはパパの声を聞くと、すぐに名前を呼びかえして走りだした。パパはぬかるみの中をかけてきて、ぼくをつかまえると強く抱きしめた。「心配したぞ！」といってパパが泣いた。雨がふってて、風も強かったけど、ぼくはパパに抱きしめられているのをはっきりと感じた。パパはしばらくぼくを放さなかった。太い腕のぬくもりがぼくの全身を包みこんだ。

もどるまえに、パパが携帯《けいたい》電話で捜索終了《そうさくしゅうりょう》の連絡をした。ぼくらをつれて家に帰ることを捜索隊のみんなに伝えた。

家の玄関《げんかん》を入っていくと、ママや、ギャラガーの家族が、本物のおまわりさんといっしょに待っていたんだ。みんなで抱き合って泣いた。ギャラガーのママが、ぬれてて寒くないかときいた。ぼくらはずっとまえからそう感じていた。ぼくのママが、おなかは空《す》いてないかときいた。それもぼくらがずっとまえから感じていたことだった。すぐに、ぼくらの体は毛布でくるまれた。ソファに座って、スクランブルエッグと、山のように積み重ねたトーストにバターとイチゴジャムをぬって、モリモリ食べた。

ぼくらのまえには、パパのいすに座ったおまわりさんがいた。「きみたちにちょっとききたいことがあるんだ」と、おまわりさんがいった。「森の中でなにをやってたの?」

ぼくはオレンジジュースをのみほして、「散歩」といった。

「迷子になったんだ」とギャラガーがいった。

「そう!」と、ぼくは相づちをうった。

「家を出たのは、きのうの何時ごろ?」とおまわりさんがきいた。

「一時ごろ」とぼくがこたえた。

ギャラガーがトーストを口の中に押しこんでいった。「家を出るまえにいろいろ集めなきゃいけないものがあったんだ」

「ハイキングの道具かい？」

「誕生パーティの道具だよ」とギャラガーがいった。ぼくはギャラガーのわきばらをつついた。

おまわりさんが身を乗りだしてきた。「きみたちのうち、どっちの誕生日だったのかな？」

「どっちでもないよ」とギャラガーがいった。「ウェニーの誕生日だったんだ」

パパが息をのんだ。

ぼくはギャラガーの首をしめてやろうかと思った。

「ウェニーね」と、おまわりさんがいった。手帳にそれを書きこんだ。「きみたち以外にもいたのかい？　行方不明になったのはきみたち二人だけだと思ってたんだけど」

「ぼくらだけだよ」と、ぼくはいった。

「なら、ウェニーっていうのはだれなのかな？」

パパが部屋を出ていった。台所で水を出してる音がきこえた。ぼくの横にはママが座っていた。「ウェニーは、わたしたちの娘なんです」と、ママがいった。「去年の十月に死にました」

35

148日目（つづき）

The Long Way Home

ウェニーへ。

みんなが帰ったあと、へんなにおいに気がついた。服をかいでみて、自分のにおいだとわかった。ブルウィンクルのとなりで寝てたせいだ。

あわ風呂剤の「ミスター・ビッグバブル」のこと、おぼえてるか？　ぼくはあれをお風呂の中にぜんぶいれた。そうやって入るとすごく気持ちがいいんだ。においもいいしね。あわの山にうもれて、体の芯《しん》まであったまったよ。そして服を着て、廊下を歩いていった。

台所の流しの横にパパとママが立っていた。二人で抱き合っていた。ぼくは台所の外にいたから、二人からはぼくが見えなかった。

パパが、「ごめんよ、ケイト」といった。ママがパパのほっぺたにさわった。ひげをそってなくてザラザラだった。ぼくはその場をそっとはなれて、自分の部屋のベッドにもぐりこんだ。パパとママが抱き合ってるのを見たのはほんとうに久しぶりのことだったから、じゃまをしたくなかったんだ。

152日目

ウェニーへ。

ギャラガーとぼくの迷子騒動《そうどう》から何日かたった。いまはどんなようすかというと、パパとママはまだ、家庭相談所のカーシェルさんのところにかよっている。しばらく行くことになると思うけど、パパはもう家にもどってきてるんだ。とてもいいことだと思う。

きょうの午後、ぼくはツリーハウスにあがった。ジェームズさんといっしょにあがってからはじめてだ。床の上がすごくちらかってた。落ち葉だらけ。ぬれた茶色の葉っぱが、しんなりしたコーンフレークみたいに見えた。ツリーハウスをまたきれいにしたかったから、ほうきを持っていってそうじをしたんだ。

汗だくになってそうじしてると、家の中からパパが出てきた。

「パパ、パパ」

「その枯れ葉、どうするんだ？」とパパがいった。

「ここから下に捨てる」

「ちょっと待ってろ」といってパパが家の中に入り、ちりとりとゴミぶくろを持って外に出てきた。そしてツリーハウスにあがってきた。パパがツリーハウスにあがってきただけで、ぼくは鳥肌《とりはだ》がたった。パパといっしょにツリーハウスにあがったのは、去年の夏の水風船ごっこ以来だよ。

パパは腰をかがめ、ちりとりをスコップがわりにして枯れ葉をゴミぶくろの中にいれはじめた。ぼくはほうきで枯れ葉をはきつづけた。ほうきではいてたら、赤い風船の切れはしが出てきた。「こいつがパパの顔にぶつかったんだ」と、パパがいった。

「ウェニーはぶつけるのがうまかったね」とぼくがいった。

パパが親指でその切れはしをこすりながら、「ウェニーはいろんなことが得意だったな」といった。パパが下をむいたので、頭に白髪《しらが》があるのが見えた。

「ウェニーはパパをよく笑わせたもんね」と、ぼくはいった。

パパが手のほこりを払った。ぼくはしゃべりつづけた。「あれは、パパのせいじゃないよ」

頭の上の枝が風にゆられてパキッと音を立てた。メガネのむこう側からパパの目がぼくを見つめていた。「パパがおまえたちを町に行かせなければよかったんだ」と、パパがいった。

「そんなことないよ。あの木工店には、それまでなんども行ったことがあったんだから」

枯れ葉を集めたゴミぶくろの横で、パパがひざをついた。手をのばせばパパの頭にさわれそうだった。

「パパが車でつれていってやればよかった」

「ぼくらは歩いて店まで行きたかったんだ」

パパがちりとりを下においた。立ちあがって、ツリーハウスのてすりにもたれかかった。ぼくはパパのとなりに行った。パパが荒い息をしていた。風が吹いて、集めた枯れ葉が何枚か飛んでいった。まるで、パパの口から風が吹いてるみたいだった。風にまきあげられて庭のフェンスをこえていった葉っぱもあった。

「あれから、もう五ヵ月になるな」とパパがいった。

「百五十二日だよ」

「ずっと数えてるのか？」

「ずっと数えてるんだ」

パパがぼくの体に腕をまわした。二人で近所の屋根をながめた。「なにもかも、ずーっと同じままではいられないんだ」とパパがいった。

「そうだね」

風がぶあつい雲を運んで空に広げていくのを、ぼくらはながめた。でも、太陽の光がところどころからさしこんでいた。

36

153日目

ウェニーへ。

世界は三月九日の六時に終わることになっている。たくさんの有名な超能力者がそう予言してるんだ。きょうは三月八日で、ギャラガーがおねえさんの雑誌『びっくり大ニュース』を学校に持ってきて、「世界が終わる！」の記事をみんなに見せていた。校庭にいたこどものほとんどがこわがっていた。おしっこをもらした子もひとりいた。そのことを知ったターウィリガー先生は、『びっくり大ニュース』をとりあげて机にしまい、理科室の陳列《ちんれつ》ケースの横にギャラガーを座らせた。ギャラガーはきょう一日のほとんどを、イゴールの外骨格《がいこっかく》のとなりですごしたんだ。

154日目　3月9日（世界が終わると超能力者が予言した日！）

ウェニーへ。

きょう、ギャラガーんちから帰ったら、ママがおまえの部屋で新しいベビーベッドを組み立てているところだったんだ。からっぽの大きな段ボール箱と、ベビーベッドの部品が床の上にあった。ママは四つんばいになって説明書を読んでいた。

かべのペンキもすっかりかわいたから、外に出してあったものをママがまた元にもどした。ウェニーの二つのたなも、またかべぎわにおいてあるよ。ひとつには赤ちゃんのおもちゃと、新しいおむつがいっぱいのせてある。もうひとつにはウェニーのものがのせてある。

また、おまえのものがこの部屋に入ったのを見て、ぼくは気分がよかった。ママはテディベアのミルトンをたなのいちばん上においた。おまえの作ったゴムパチンコの横だ。ぼくはそのゴムパチンコを手に持って、ゴムのちょうしを確かめた。おまえはじょうずに作ったんだな。まだちゃんと使えるよ。

ぼくは自分の部屋に行って、クロゼットの中からバレリーナをとりだした。ウェニーのかわりに大事にとっておいたんだ。バレリーナを持っておまえの部屋にもどり、ミルトンのとなりにおいた。ママがそれを見あげた。バレリーナを見たママの顔がうれしがってるのか悲しんでるのか、よくわからなかった。口にネジをくわえていたからだ。

「こっちに来て、ここを持ってて」と、ママがネジをくわえたままいった。ぼくがベビーベッドの二つのさくを手でおさえると、ママが口のネジを穴の中にいれた。しばらく二人でベビーベッドを組み立てていると、玄関《げんかん》のドアがバタンとしまる音が聞こえた。

ぼくがママにドライバーをわたしてたら、パパが入ってきた。赤ちゃんのたなにおいてある緑の毛布をポンポンと手でたたいた。そして、おまえが幼稚園《ようちえん》で作った粘土《ねんど》の手形をじっと見つめた。パパはそれに手をのばしたけど、とちゅうで手を止めたままじっとしていた。

ママが最後のネジをしめ終わった。四つのさくがあるベビーベッドの完成だ。ママが大きく息をはいて、ゆっくり立ちあがった。

「あなたたち、手伝ってくれる?」とママがいった。パパがふりかえった。ママが大きなおなかをなでた。「マットレスとスプリングをガレージから運んでこないといけないの」

「よし」とパパがいった。

ぼくもパパについてガレージに行った。パパが、かべに立てかけてあったスプリングをつかんだ。「ウィルはどう思う?」といった。

「なにを?」

「新しい赤ちゃんが生まれることを」

「うれしいよ」と、ぼくはいった。家族の中でたったひとりのこどもでいるのがどんなにつらいことかを話したかったけど、パパがどう思うかわからなかったから、「楽しくなるね」とだけいった。

パパと二人でスプリングを持ちあげた。金属のスプリングを持った手が痛かった。かべにきずをつけないよう、慎重《しんちょう》に廊下を歩いた。

パパの「よいしょ」の声に合わせて、さくの内側にスプリングをいれた。「よし、ゆっくり下におくぞ」とパパがいった。「そのちょうしだ」

次にマットレスを持って、スプリングの上にのせた。あと、シーツやらなにやらがあれば、ベビーベッドは準備オーケーだ。段ボールやビニールぶくろや説明書がころがってるところまでさがって、三人でベビーベッドをながめた。

「いいわね」とママがいった。パパの首すじをママが手でなでた。「ありがとう、あなた」

パパがママにキスをした。今夜はピザをとって、そうじはあとでやることにした。

154日目(つづき)

ウェニーへ。

ごはんのあと、またみんなでおまえの部屋に行ったんだ。紙くずや糸くずを丸めてビニールのゴミぶくろにいれた。ママは道具をかたづけた。パパは段ボールをつぶした。段ボールつぶしはいつもパパの仕事だよ。足がいちばん大きいからね。

次の段ボールをつぶして、パパがかべを見まわした。「きれいにぬったな」といった。

「この色はウィルが選んだのよ」とママがいった。

ベビーベッドの上のかべをパパが指さした。ぼくが雲に穴をかいたところだ。「ぬり残しがあるぞ」とパパがいった。

ぼくは首を横にふった。「いや、あれでいいんだよ」

パパがふしぎそうな顔をした。

「ウェニーがどこにいるか、新しい赤ちゃんに知っててほしいんだ」

ママが口に手をあてた。ぼくのおなかの中に、あのジェットコースターの感覚があった。ぼくはいまからあの話をしようとしてるんだ、と思った。助けてくれるジェームズさんはいない。ぼくひとりでやらなきゃいけなかった。空を飛んで楽しかったことだけ話そう。「病院でお医者さんがぼくの治療《ちりょう》をしてるとき、ぼく、死んだんだ」

ママがゆっくりとうなずいた。「ええ、知ってるわ。手術が終わったあと、お医者さんから聞いたから」

「でもね」と、ぼくはいった。「死んだとき、ぼくがどうなったかは知らないでしょ。死んでから、ぼくは自分の体からふわふわと出ていって、暗いトンネルの中を通ったんだ。そしたら、ぼくのまえでウェニーが、光の川の中を飛んでるのが見えたんだ」

ママの体にパパが腕をまわした。「ウィルはゆめを見ていたんだ」とパパがいった。

「ちがうよ」とぼくはいった。「ぼくが死んでるときに、そういうことがあったんだ。ウェニーとぼくは空をビューンって飛んでたんだ。すごく明るくて、カラフルで、まるで光をのみこんだみたいに、ぼくの体の中は光でいっぱいだった」

「ウェニーを見たの?」と、ママが小さな声でいった。

「うん。でもウェニーは、光の人といっしょにぼくのまえを飛んでたんだ。ぼくもウェニーといっしょに行きたかったけど、パパとママが地上でさびしくなるんじゃないかって気がしてきた。すると急に、ぼくは病院にもどってきてて、天井《てんじょう》のすみっこに浮かんでたんだ。待合室にいるパパとママが見えた。なんとかして、ぼくはだいじょうぶだよって話しかけようとしたんだけど、パパとママにはぼくの声が聞こえないんだ。

パパが紙コップをひっくりかえして水をこぼすのを見たよ。ママがしゃがんで水をふいて、そのままひざをついた。二人とも泣いていた。そして、パパがママの体に腕をまわして、こういったんだ……」

ぼくはしゃべるのをやめて、ゴミぶくろを床にストンと落とした。ここのところは話すつもりじゃなかったのに。待合室の話はするつもりじゃなかった。ウェニーを見た話だけをするつもりだった。ウェニーはだいじょうぶだって。ウェニーはしあわせにしてるって。

「パパがなんていったんだい、ウィル？」

ぼくはゴミぶくろの中にもぐりこんで、オレンジの皮やピザのかけらや糸くずにまみれて丸くなっていたかった。

「パパの、どんな言葉がきこえたんだい？」

「パパはこういった……『なぜウェニーだったんだ？』って」

部屋がしーんと静まりかえった。心臓《しんぞう》がぼくの胸をハンマーみたいにガンガンたたいていた。

パパが、海の底からあがってきたみたいに、大きく息を吸った。「ウィル」といった。ぼくの肩に両手をおいた。パパが、パパの顔は見たくなかったけど、見たら、色のついたブッブツがほっぺたにできていた。「パパが、ウェニーのかわりにウィルが死ねばよかったのにって思ってる――ウィルはそう思ったのかい？」パパが首をふった。「そうじゃない」と、小さな声でいった。「どっちも死んでほしくなかったんだ。ウェニーにも」と、パパがいった。「そしてウィルにも」

パパがぼくを抱きよせた。ママが近づいてきて、パパとぼくを包みこんだ。三人とも泣いていた。

ぼくらはウェニーの部屋の真ん中に立っていた。ぼくはパパとママにはさまれて立っていた。そこが世界の中心だった。

「パパはウェニーにいてほしいんだと思った」と、ぼくはいった。「でも、それでもやっぱり、ぼくはパパとママのところにもどってきたよ」

ママがぼくの首をさすった。頭におかれたパパの手に力がこもった。「もどってきてくれてありがとう」と、パパがいった。

154日目（そのあと）

ウェニーへ。

もうすぐ八時になるけど、世界はまだ終わっていない。あの予言をした超能力者たちは、算数の居残《いのこ》り特訓を受ける必要があると思うな。

五ヵ月ぐらい、このノートに手紙を書いてきたけれど、これが最後のページだから、手紙はしばらく書けなくなるよ。いまは、パパとママにぜんぶ話すことができてよかったと思ってる。あの日、パパが待合室でいったことをぼくは誤解していた。それがわかったのはいいことだ。それに、ウェニーがいまどこにいるか、パパとママにわかったのもいいことだ。これでもうあまり心配することもないだろう。

ぼくも、おまえがぼくのまえを飛んでいったことを、もう怒ったりしないよ。おまえは空の上をビュンビュン飛びまわってるのが楽しかっただけなんだよな。ぼくらは、この世では道路をわたりきることができなくて、事故にあってしまった。ぼくは、あのトラックを止めることはできなかったけど、おまえを天国のとちゅうまで送っていくことはできた。明るい光の道を、あのやさしそうな光の人が見えるところまで送っていったんだから、アニキとして役目はちゃんと果たせたんじゃないかと思う。

へんてこな、楽しいウェニーでいてくれてありがとう。あそび相手がいないとき、いっしょにあそんでくれたり、めちゃくちゃなでたらめソングをうたってくれてありがとう。

天国でどんなにたくさん天使のともだちができても、ぜったいに忘れないでくれよ。いつまでたっても、ぼくはずーっとウェニーのおにいちゃんなんだからな。

愛をこめて

ウィル

お礼の言葉

メルビン・モース博士がおこなっているこどもの臨死体験に関する研究には大いに助けられました。メルビン・モース博士とポール・ペリー氏の著書『臨死体験　光の世界へ』はこの本の執筆には欠かせませんでした。また、バーバラ・D・ロソフ著『子供を亡くした家族への援助――喪失体験への患者支援ガイド』もたいへん参考になりました。そのほか、ウィルの手紙についていろいろな意見を聞かせてくれた、マーガレット・D・スミス、ハイディ・ペティット、ペギー・キング・アンダーソン、ドーン・ナイトのみなさんにもお礼を申しあげます。それから、うら庭のベランダでツバ飛ばし競争をやったわたしの息子ジョッシュとそのともだちのジョニー・マオにもお礼を（こんなことをやるのは12歳の男の子ぐらいのものね）。ジョッシュが飛ばした距離は、なんと四メートル三二センチ！　おかげで、ウィルがツバを飛ばした距離を、自信を持って書くことができました。

著者
ジャネット・リー・ケアリー（Janet Lee Carey）
1981年、シアトル・パシフィック大学を卒業。
数年間の教師生活を経て、執筆活動・音楽活動に入る。
自身のグループ、ドリーム・ウィーバーズを率いて
会議や集会に参加し、自作のおとぎ話や歌を披露している。
他の著書に"Molly's Fire"(Atheneum Books, 2000)がある。

訳者
浅尾敦則（あさお・あつのり）
1956年広島生まれ。国際基督教大学卒業。主な訳書に
ロバート・バルドック『パブロ・カザルスの生涯』、
デビッド・ブラットナー『πの神秘』ほか。

あの空をおぼえてる

2003年2月　第1刷発行
2007年10月　第19刷
著者　ジャネット・リー・ケアリー
訳者　浅尾敦則
発行者　坂井宏先　　編集　野村浩介
発行所　株式会社ポプラ社
〒160-8565　東京都新宿区大京町22-1
TEL　03-3357-2212（営業）　03-3357-2305（編集）
0120-666-553（お客様相談室）
FAX　03-3359-2359（ご注文）
振替　00140-3-149271
第三編集部ホームページ:http://www.poplarbeech.com/
印刷　清流印刷株式会社
製本　株式会社難波製本

N.D.C.933/246P/19cm　ISBN978-4-591-07458-9